UN AMOR ENVENENADO

OLIVIA GATES

W9-DAS-498

⊕ **HARLEQUIN**™

Editado por HARLEQUIN IBÉRICA, S.A.
Núñez de Balboa, 56
28001 Madrid

© 2013 Olivia Gates
© 2014 Harlequin Ibérica, S.A.
Un amor envenenado, n.º 2011 - 12.11.14
Título original: Conveniently His Princess
Publicada originalmente por Harlequin Enterprises, Ltd.

I.S.B.N.: 978-84-687-4797-2
Depósito legal: M-24086-2014
Editor responsable: Luis Pugni
Impresión en CPI (Barcelona)
Fecha impresion para Argentina: 11.5.15
Distribuidor exclusivo para España: LOGISTA
Distribuidor para México: CODIPLYRSA
Distribuidores para Argentina: interior, BERTRAN, S.A.C. Vélez
Sársfield, 1950. Cap. Fed./ Buenos Aires y Gran Buenos Aires,
VACCARO SÁNCHEZ y Cía, S.A.

Capítulo Uno

−¿Quieres que me case con Kanza el Monstruo?

Aram Nazaryan se estremeció al oír su propia voz.

Shaheen Aal Shalaan le había hecho más de una proposición inaceptable a lo largo de su vida, pero la de ahora no podía describirse con palabras en ninguna de las cuatro lenguas que conocía.

Su mejor y único amigo se había convertido en un casamentero insoportable en los tres últimos años. Parecía como si, tras su feliz matrimonio con Johara, la hermana pequeña de Aram, no tuviera otra cosa mejor que hacer que intentar sacar a su cuñado de aquella «vida vacía» que, según él, llevaba.

Aram creía que Shaheen se había pasado por su despacho para hacerle una simple visita rutinaria, pero en los diez minutos que llevaban hablando le había sometido ya a todo un chantaje emocional.

Sin más preámbulos, había empezado pidiéndole que volviera a su hogar, en Zohayd.

Él le había contestado que Zohayd ya no era su hogar, pero Shaheen no se había dado por vencido y le había hecho una proposición difícil de rechazar. ¡Nada menos que ser ministro de economía de Zohayd!

3

Él se había echado a reír al principio, pensando que Shaheen estaba tomándole el pelo. Solo un zohaydiano de sangre real podría asumir ese cargo, y él era un simple americano de origen franco armenio.

Pero Shaheen no estaba bromeando. Tenía un plan. Un plan descabellado para conseguir que Aram se convirtiese en un miembro de la realeza: casarle con una princesa de Zohayd.

Antes de que él hubiera podido poner la menor objeción, su cuñado ya le había revelado la identidad de la candidata que consideraba perfecta para él. Eso fue la gota de agua que colmó el vaso.

–¿Has perdido la cabeza, Shaheen? De ninguna manera pienso casarme con ese monstruo.

–No sé de dónde has sacado esa idea. La Kanza que yo conozco no es ningún monstruo.

–Entonces hay dos Kanzas diferentes. La que yo conozco, Kanza Aal Ajmaan, la princesa de la familia real por vía materna, se ha ganado ese apodo a pulso. Y algunos otros más.

Shaheen se quedó mirándolo fijamente como si fuera un loco.

–Sólo hay una Kanza… y es encantadora.

–¿Encantadora? –exclamó Aram con ironía–. Está bien, aun admitiendo que lo sea, ¿estás en tu sano juicio para proponerme una cosa así? ¡Es solo una niña!

–¿Una niña? ¡Tiene casi treinta años!

–¿Qué…? No es posible. La última vez que la vi debía tenía poco más de dieciocho.

–Sí, pero eso fue hace más de diez años.

¿Tanto tiempo había pasado?, se preguntó Aram. La última vez que la había visto había sido en aquella fiesta fatídica, pocos días antes de que él se marchara de Zohayd.

–En todo caso, los once o doce años de diferencia que hay entre ella y yo no se han reducido con el paso del tiempo.

–¡Tonterías! Yo soy ocho años mayor que Johara. Hace diez años, vuestra diferencia de edad podría haber sido un obstáculo, pero ahora no.

–¡Oh, vamos, no puedes estar hablando en serio! Esa mujer es un monstruo, te lo digo yo.

–Y yo te aseguro que estás muy equivocado.

–La Kanza que yo conozco era una criatura adusta que hacía que la gente saliera corriendo nada más verla. De hecho, cada vez que clavaba los ojos en mí, tenía la impresión de que me hacía dos orificios en el cuerpo allí donde fijaba su mirada negra y penetrante.

–Por lo que veo, te dejó una gran impresión. Después de más de diez años, aún conservas un recuerdo muy vivo de ella, capaz de suscitarte esas reacciones tan intensas.

–¿Intensas? Intensamente desagradables, querrás decir. Ya es bastante que me estés proponiendo un matrimonio de conveniencia, pero recomendarme además a esa… criatura aterradora que me ponía los pelos de punta con solo verla…

–¿Aterradora? ¿No te parece que estás exagerando?

–Está bien, tal vez esa no sea la palabra correcta. Quizá sería mejor decir… perturbadora. No sabes el miedo que me causó verla una vez con el pelo morado, el cuerpo todo pintado de verde y las lentes de contacto de color rosa. En otra ocasión, se me apareció como un conejo albino, con el pelo blanco y los ojos colorados. Y la última vez que la vi tenía el pelo azul y llevaba un maquillaje de zombi. Fue algo realmente espeluznante.

Shaheen esbozó una sonrisa indulgente como si estuviera ante un niño pequeño.

–Y además de la rareza de su maquillaje y del color de su pelo y de sus ojos, ¿qué más cosas te desagradaban de ella?

–La forma en que solía pronunciar mi nombre. Era como si me estuviera lanzando una maldición. Siempre tuve la impresión de que anidaba dentro de ella algo así como… un duende.

–No me digas más. Creo que ella es justo lo que necesitas. Llevas más de veinte años sin sentirte vivo de verdad, como si estuvieras metido en un frigorífico. Ya es hora de que alguien te descongele.

–Debería meterme directamente en una incineradora. Sería más rápido y menos doloroso.

Shaheen miró a su cuñado y amigo compasivo, dispuesto a sacarle de la vida estéril en la que llevaba sumido tanto tiempo.

–No me mires con esa cara de lástima –añadió Aram–. Me encuentro perfectamente y me siento a gusto tal como estoy… Soy un hombre adulto y maduro.

–Johara te nota frío y distante. Y yo también.

Tus padres están desesperados. Se sienten culpables de que te quedaras en Zohayd, sacrificándolo todo, para tratar de ayudarles a sacar a flote su matrimonio.

–Nadie me obligó a ello. Decidí quedarme voluntariamente con mi padre porque sabía que él no conseguiría sobrellevar solo la ruptura con mi madre.

–Y cuando finalmente se reconciliaron, tú ya habías sacrificado tus deseos y ambiciones. Desde entonces, te has encerrado en tu caparazón, observando nuestras vidas desde tu soledad.

–Fue mi decisión y nadie debe sentirse culpable por nada. Me siento a gusto con mi soledad. Agradezco tu preocupación, pero me gustaría que te ocupases de tus cosas y me dejases en paz.

–Lo haré cuando consideres seriamente mi proposición.

–No tengo nada que considerar.

–Dame una buena razón para ello. Y no cites cosas trasnochadas de Kanza de hace más de diez años.

–Está bien. Buscaremos una más actual. Ella tiene ahora… veintiocho…

–Cumplirá veintinueve dentro de unos meses.

–Y supongo que aún no se ha casado, ¿verdad? Claro. ¿Qué hombre se atrevería?

–No, no se ha casado –replicó Shaheen, con gesto huraño–. Ni siquiera está comprometida.

Aram sonrió con satisfecho.

–A su edad, según la tradición de Zohayd, debería estar ya fosilizada.

–Eso no ha sido muy amable por tu parte, Aram. Creí que eras un hombre de ideas avanzadas. Nunca pensé que discriminases a una mujer por su edad, y mucho menos que considerases eso un hándicap para el matrimonio.

–Sabes de sobra que no comparto ninguna de esas sandeces. Lo que trato de decir es que el hecho de que ningún hombre se haya acercado a ella, siendo una princesa, es una prueba evidente de que todo el mundo la ve como un bicho raro y no como un ser humano.

–Eso mismo se podría decir también de ti.

–Escúchame con atención –dijo Aram–, porque voy a decírtelo solo una vez y no voy a repetírtelo. No voy a casarme. No pienso hacerlo, ni para convertirme en ciudadano de Zohayd, ni para ser tu ministro de economía. Pero si realmente me necesitas, sabes que tanto Zohayd como tú podéis contar siempre con mis servicios.

–Si aceptases el cargo, la dedicación tendría que ser completa. Tendrías que vivir en Zohayd.

–Como sabes, tengo mi propio negocio…

–Sí, pero lo has organizado tan bien y has formado a tus colaboradores y directivos con tanta eficacia que la empresa funciona casi por sí sola. No necesitarían tu presencia física más que de vez en cuando. Esa habilidad tuya para rodearte de las personas adecuadas y conseguir sacar lo mejor de ellas es exactamente lo que necesito en Zohayd.

–Tú nunca has tenido una dedicación completa en tu trabajo –señaló Aram.

–Porque mi padre me ha estado ayudando

desde su abdicación. Pero ahora está pensando en apartarse por completo de la vida pública. Incluso con su ayuda, no me ha sido nada fácil conciliar el trabajo con la familia. Y ahora que tenemos otro bebé en camino, me resultará aun más difícil. Por otra parte, Johara se está involucrando cada vez más en proyectos humanitarios que requieren también mi atención. Sinceramente, no sé cómo podré compaginar tantas actividades.

–Y, por eso, debo sacrificar mi vida para hacerte la tuya más fácil, ¿no es así?

–No tendrías que sacrificar nada. Tu negocio continuaría como siempre. Serías el mejor ministro de economía imaginable. Tendrías una posición envidiable y una familia. Algo que sé que siempre has deseado.

Sí. A los dieciocho años, ya había planeado casarse, tener media docena de hijos, conseguir un trabajo y buscar un lugar donde echar raíces fuertes y profundas.

Y, sin embargo, allí estaba, con cuarenta años, solo y desarraigado.

–Hace tiempo que decidí no casarme, ni tener una familia. Sé que la idea puede resultarte inconcebible en tu estado actual de nirvana familiar, pero no todo el mundo está hecho para la felicidad conyugal. De hecho, considerando las estadísticas de divorcios y separaciones, diría que los que están hechos para el matrimonio son una minoría. Yo no me cuento entre ella.

–Yo pensaba lo mismo que tú antes de reencontrarme con Johara. Y ahora mírame… estoy radiante de felicidad. No te estoy pidiendo que te cases mañana mismo. Solo te pido que consideres la posibilidad.

–No necesito considerar nada. Me encuentro muy a gusto tal como estoy.

–Pues por tu aspecto, cualquiera diría lo contrario.

Aram sabía que su amigo tenía razón. A pesar de lo bien que se conservaba a sus cuarenta años, era solo una sombra de lo que había sido.

–Gracias, Shaheen –replicó él con ironía–. Siempre has sido muy sincero.

–Debes aceptar las cosas como son, Aram. Y si piensas que he sido desconsiderado contigo, tendrías que haber oído lo que Amjad dijo de ti la última vez que te vio.

Amjad era el rey de Zohayd, el hermano mayor de Shaheen. El Príncipe Loco convertido en el Rey Loco, y uno de los mayores exponentes de la estupidez humana.

–Sí, estaba allí cuando dijo de mí que «parecía el residuo de un ratón que un gato hubiera cazado, masticado y vomitado». Gracias por recordarme sus palabras. No le guardo ningún rencor por ello. Pero tengo que rechazar de plano tu atractiva oferta matrimonial y laboral. Por nada del mundo, estaría dispuesto a trabajar para él.

–Trabajarás conmigo, no con él.

–No, no lo haré. Puedes estar seguro de ello.

Shaheen no pareció darse por vencido y lo intentó de nuevo.

–Sobre Kanza…

–No me hables más de ella ni de sus abominables hermanas mayores. No solo te fijaste en Kanza el Monstruo para que fuera mi pareja ideal, sino también en Maysoon, su hermanastra.

–Tenía la esperanza de que lo hubieras olvidado. Pero supongo que eso era pedir demasiado. Maysoon era un poco… temperamental.

–¿Un poco? Esa mujer era una de las Furias de la mitología. Aún no sé cómo conseguí escapar ileso de sus garras.

Ella había sido la razón por la que él había tenido que marcharse de Zohayd, abandonando a su padre y renunciando a su sueño de formar allí un hogar y una familia.

–En todo caso, Kanza es el polo opuesto.

–En eso tienes razón. Maysoon era una arpía desequilibrada, pero era una mujer deslumbrante. Mientras que Kanza era solo un esperpento.

–No comparto en absoluto tu opinión. Puede que no sea tan sofisticada como las demás mujeres de la familia, pero es más humilde y menos pretenciosa. Tal vez esas virtudes no te parezcan atractivas, pero harían de ella la esposa ideal para ti. Sería una mujer fiel y responsable. Todo lo contrario de esas a las que estás acostumbrado.

–Con esas palabras, solo estás consiguiendo que rechace tu proposición. No me gustaría aprovecharme de la solterona apocada y mojigata que me acabas de describir.

–¿Quién habla de aprovecharse de nadie? Eres uno de los solteros más codiciados del mundo. Kanza recibiría con entusiasmo la idea de ser tu esposa.

–No, Shaheen. Dejémoslo. No quiero volver a hablar de ello.

Shaheen comprendió que sería inútil insistir y que lo mejor sería continuar la conversación en otra ocasión.

Aram tomó a su amigo del brazo y lo acompañó hasta la puerta.

–Ahora vuelve a casa, Shaheen. Y dales un beso a Johara y a Gharam de mi parte.

–Está bien, Aram. Lo único que te pido es que te lo pienses bien antes de tomar una decisión definitiva.

Aram suspiró resignado. Shaheen era tenaz y perseverante.

–No te preocupes, Shaheen. Ya he tomado una decisión.

Shaheen sonrió convencido de que, a pesar de sus palabras, no estaba todo perdido.

Cuando salió, Aram cerró la puerta y se dirigió al salón. Se dejó caer en el sofá, decidido a pasar allí otra noche. Él no necesitaba «volver a casa». No tenía hogar en ninguna parte.

Miró hacia el techo, pensativo.

Tenía que reconocer que la oferta de Shaheen era tentadora. Se aseguraría el futuro para toda la vida.

Había un obstáculo: tener que casarse para convertirse en ciudadano de Zohayd.

Pero… ¿era eso realmente un obstáculo? Tal vez un matrimonio de conveniencia era justo lo que necesitaba.

Y la candidata podía ser la mujer adecuada.

Ella era de sangre real, pero no ocupaba un puesto muy alto en la jerarquía monárquica. Tampoco la fortuna de su familia podía compararse con la suya. Él era todo un multimillonario de éxito.

Tal vez la oferta de Shaheen fuera razonable. Ella le daría el estatus que él necesitaba y, a cambio, ella disfrutaría del lujo que él podía proporcionarle con su dinero. Y todo sin complicaciones sentimentales.

Residir en Zohayd, el único lugar que había sido su hogar, estar con su familia y ser ministro de economía…

Era un cuento de hadas. Un mundo de fantasía.

Shaheen no había vuelto a insistir más sobre el tema.

Él único contacto que había mantenido con Aram, en las últimas dos semanas, había sido para invitarle a la fiesta que Johara y él iban a celebrar esa noche en su suite de Nueva York. Una invitación que él había declinado.

Aram se dirigía al hotel donde se hospedaba cuando recibió una llamada. Era Johara.

–Aram, por favor, dime que no estás trabajando ni durmiendo.

Sin duda, quería hablarle de la fiesta, y él odiaba contrariar a su hermana.

Rogó al cielo que no reiterara la invitación. Sabía que le sería imposible decirle que no.

–Voy en el coche de vuelta al hotel, cariño. Supongo que estarás ya preparada para la fiesta, ¿verdad?

–Sí… ¿Has llegado ya? Si es así, no te molesto más. Buscaré otra solución.

–¿De qué me estás hablando, Johara?

–Uno de los invitados me dio un documento muy importante para que lo estudiara. Habíamos pensado analizarlo durante la fiesta, pero, por desgracia, me lo dejé en el despacho, en el edificio Shaheen, y no puedo ir ahora a por él. Por eso, me estaba preguntando si podrías ir y traérmelo… No puedo confiar a otra persona el código de acceso de mis archivos. Te prometo que no trataré de convencerte para que te quedes a la fiesta.

Aram dejó escapar un suspiro de resignación.

–Dime lo que tengo que ir a buscar.

Veinte minutos después, Aram estaba en el último piso del rascacielos del edificio Shaheen.

Se extrañó al ver abierta la puerta del despacho de Johara.

Escuchó un golpe. Se quedó inmóvil con los sentidos en alerta. Era evidente que había alguien dentro revolviendo en los archivos.

Pero no. No era posible que alguien pudiera haber accedido allí, saltándose todos los controles de seguridad. Salvo que los vigilantes lo conocieran.

Se acercó a la puerta con sigilo y se asomó por la rendija, dispuesto a enfrentarse con el presunto intruso. Pero lo que vio le dejó perplejo.

Era una mujer. Joven, menuda y esbelta. Tenía una abundante melena caoba que relucía como llamas de fuego y no parecía preocupada en absoluto de que pudieran sorprenderla hurgando en la mesa de Johara.

–¿Se puede saber lo que anda buscando?

La mujer se sobresaltó y dio un pequeño salto. Se volvió hacia él.

La miró fijamente y sintió como si el tiempo se hubiera detuviera.

La palidez del rostro de la mujer denotaba sorpresa y consternación. Con su camisa lisa negra y sus pantalones igualmente negros parecía un pequeño duende indefenso. Sintió una extraña desazón en la boca del estómago.

Pero esa sensación no fue nada comparada con la que sintió cuando ella, tras recuperarse del susto inicial, lo miró con sus fieros ojos negros que parecían taladrarle la piel.

–¿Qué te trae por el despacho de tu hermana estando ella fuera? ¿Es que nadie puede estar a salvo de los asaltos de El Pirata?

Capítulo Dos

Aram se quedó extasiado mirando a la criatura que tenía frente a él. A pesar de su pequeña estatura parecía irradiar toda la fuerza de la naturaleza.

El Pirata era el nombre que la prensa sensacionalista, las mujeres despechadas y sus rivales en los negocios habían divulgado de él.

–Has irrumpido en el despacho de Johara, ¿debería llamarte La Ladrona?

–¡Oh, perdón! Me olvidé por un momento cómo conseguiste ese apodo y que aún sigues tratando de borrar tu pasado.

–¿Ah, sí? Estoy muy interesado en escuchar tu disección. Me gustaría conocer la percepción que otra mente criminal tiene de mí.

–Te ganaste el apodo a pulso, tratando a las personas como simples mercancías para aprovecharte de ellas y luego tirarlas a la basura cuando ya no podías sacar más de ellas. Pero te reservaste un ultraje mayor para aquellas que tuvieron la desgracia de llegar a tener una relación más estrecha contigo, despreciándolas con tu indiferencia.

La descripción mordaz que Aram acababa de oír coincidía con la imagen que tenía en el mundo de los negocios y entre las mujeres con las que había estado.

¿Estaría ella tratando de decirle de manera subliminal que él no la recordaba cuando tenía motivos sobrados para saber quién era?

No era posible. ¿Cómo podría haber olvidado aquellos ojos que podrían fulminar a cualquier hombre, o esa lengua que podía hacerle trizas, o ese ingenio?

De ninguna manera. Si hubiera intercambiado unas palabras alguna vez con ella, no solo la habría recordado, sino que probablemente conservaría sus marcas. Después de estar expuesto solo unos minutos a sus ojos y a su lengua, sentía que no le había dejado una sola parte ilesa en todo el cuerpo.

Y eso le encantaba.

Deseando provocarla, le hizo una reverencia de fingida gratitud.

–Tu testimonio de deshonor me honra y tus difamaciones inflaman mi corazón de piedra.

–¿Pero tienes corazón? Pensé que los de tu calaña no venían dotados con órganos superfluos.

Aram sonrió abiertamente.

–Tengo una cosa más rudimentaria en otra parte.

–Como un apéndice, ¿no? –replicó ella en tono despectivo–. Algo que podría ser extirpado y sin el cual funcionarías mejor. Para lo que te sirve, no sé por qué no te lo quitaste. Debes tenerlo podrido.

Como impulsado por un fuerza misteriosa, Aram avanzó unos pasos para ver más detenidamente a aquella diminuta mujer que era unos treinta centímetros más baja que él, pero que, increíblemente, parecía estar a su misma altura.

–No te preocupes por eso. No hay razón alguna para una intervención quirúrgica. Hace mucho que debe estar calcificado. Pero mi rudimentario corazón te agradece el consejo de todos modos. Resulta reconfortante poder confirmar por alguien tan cruel como tú que estoy haciendo las cosas mal tan a la perfección.

Aram se quedó esperando su respuesta airada, pero ella se limitó a dirigirle una mirada asesina y prosiguió buscando en los archivos.

Parecía evidente que no estaba haciendo nada a espaldas de Johara. No era ninguna ladrona.

De repente, le vino a la memoria quién era aquel torbellino con apariencia de mujer.

Era ella. Kanza. Kanza Aal Ajmaan.

Se quedó paralizado, conteniendo la respiración y observándola, mientras ella seguía hurgando en los archivadores del despacho con la agilidad de un personaje de dibujos animados. No acertaba a comprender cómo la había reconocido. Tal vez los insultos que le había dirigido le habían despertado los recuerdos.

Ya no llevaba la ropa ni el maquillaje ni las lentillas ni el pelo de extraterrestre con los que parecía la bruja de *El mago de Oz* . Parecía una mujer completamente distinta con aquel vestido oscuro, las zapatillas deportivas blancas, el rostro limpio de maquillaje y su rebelde pelo caoba que debía llevar años sin pasar por las manos de una estilista.

Sin duda, no le interesaba gran cosa resaltar sus atractivos. Tampoco tenía muchos. Era pequeña y con aspecto aniñado. Las únicas cosas grandes que tenía eran el pelo y los ojos. Tenía unos ojos enormes.

Sin embargo, sus facciones, la forma de sus labios, la línea de sus pestañas, la ligereza de sus movimientos… la hacían una mujer mucho más interesante que simplemente guapa.

Única. Especial. Fascinante.

Y lo más singular y atractivo de ella eran sus ojos negros como la noche, que provocaban una profunda turbación cuando se la miraba fijamente más de un par de segundos.

De pronto, le asaltó una sospecha.

¿Cómo era posible que hubiera estado diez años sin verla y, de pronto, a las dos semanas de que Shaheen le hubiera hablado de ella, se la hubiera encontrado por casualidad? Era demasiada coincidencia. Eso solo podía significar que…

Pero no podía haber sido solo cosa de Shaheen. Johara debía estar también en el ajo.

Creyó empezar a comprenderlo todo.

Kanza debía estar allí con la misma misión que él. Era evidente que su hermana y Shaheen le habían preparado una encerrona.

¿Se habría percatado ella de la conspiración al verlo entrar por la puerta?

De ser así, eso la haría aún más interesante a sus ojos. No era vanidoso, pero como Shaheen había dicho, era uno de los solteros más codiciados del mercado. No podía imaginar que hubiera una mujer que no desease ser su esposa. Aunque solo fuese por su posición social y su riqueza.

Kanza, sin embargo, parecía inmune a todo eso. Lo que despertaba su interés. Además le intrigaba saber por qué Johara y Shaheen habían llegado a la conclusión de que esa criatura llamada Kanza era perfecta para él.

De repente, la susodicha criatura alzó los ojos y le dirigió una de sus feroces miradas.

—No te quedes ahí parado como un pasmarote. Ven a hacer algo más útil que quedarte ahí luciendo el palmito.

Él abrió la boca para responder, pero ella le endosó una gruesa carpeta para que buscara allí el documento que Johara le había pedido.

Luego, sin levantar la vista, siguió buscando entre los archivadores.

—Supongo que lo de palmito es una descripción demasiado ligera para ti. Imagino que estarás acostumbrado a oír cosas más atrevidas de las mujeres con las que sueles alternar.

—Si te digo la verdad —replicó él—, si algo esperaba de ti, no era precisamente un piropo.

—¿Por qué no? Después de todo, tienes acaparado el mercado de *halawah.*

Halawah, literalmente «dulzura», era la palabra que se usaba en Zohayd para describir la belleza.

—¿De dónde has sacado eso? —replicó él, volviéndose hacia ella.

Ella le lanzó una mirada fugaz y cerró de golpe otra carpeta con un suspiro de frustración.

—Es lo que las mujeres de Zohayd solían decir

de ti. Me pregunto qué dirían ahora que tu *hala-wah* está tan exacerbada por la edad que podría incluso provocar diabetes.

Aram no pudo evitar una carcajada.

—Aprecio tu cumplido. Saber que mi dulzura puede causar diabetes a una mujer supone un nuevo hito en mi carrera de conquistador.

—No te hagas el humilde. Sabes demasiado bien lo guapo que eres.

—Nadie me había acusado de una cosa así hasta ahora.

—Es comprensible. La gente prefiere usar términos como «atractivo» o «apuesto» para referirse a la belleza de un hombre. Pero tú dejas todos esos calificativos a la altura del barro. Eres guapo a rabiar. ¡Es repugnante!

—¿Repugnante?

—Sí, asquerosamente repugnante. ¡La de dinero que debes destinar a mantenerte así! —exclamó ella, mirándolo de arriba abajo—. Cuidar tanto el atractivo, cuando el aspecto físico no es el medio de vida de una persona, es un exceso que debería estar penado por la ley.

—Mis amigos más allegados me dicen que soy uno de los hombres más descuidados del mundo.

Ella le dirigió una mirada cáustica.

—¡Ah! ¿Pero existen personas que pueden soportar estar cerca de ti? Transmíteles mis más sentidas condolencias.

—De tu parte —replicó él con una sonrisa.

—A Johara, se las transmitiré yo personalmente. No me extraña que parezca tan agobiada últimamente. Debe ser un suplicio tenerte por hermano y estar viéndote a todas horas.

Aram se quedó mirando a aquella mujer por un instante.

¿Quién era realmente?

Debía de ser la nueva socia de Johara. Recordó los elogios encendidos de su hermana hacia la mujer que había conseguido dar a su empresa su reputación actual. Un auténtico gurú del marketing financiero. Pero nunca había mencionado su nombre.

¿La habría mantenido en la sombra para no alertarle de sus intenciones, a fin de que no se predispusiese en su contra? Sin duda, su hermana lo conocía mucho mejor que Shaheen. Él le había llenado la cabeza con el nombre de Kanza sin conseguir nada positivo. Era evidente que Johara había tomado el mando de la operación y la estaba enfocando con mucha más discreción y acierto.

Pero eso significaba que Kanza no estaba al tanto de la conspiración, ni de que su encuentro había sido algo más que una simple coincidencia.

Sintió un deseo irrefrenable de contarle la verdad. Deseaba ver la cara que pondría.

Pero ¿qué pasaría si, después de enterarse, se volviese más reservada y menos espontánea? ¿Y si se volviese más agradable? Eso sería incluso peor. No podía soportar la idea de que después de su apasionante duelo dialéctico, su mordaz rival comenzase de repente a dorarle la píldora para congraciarse con él, aspirando a convertirse en su prometida.

También cabía otra posibilidad. La peor de todas y tal vez la más plausible: que ella le rechazase de plano.

–Estoy empezando a preocuparme. Todo el mundo me dice que nunca me ha visto con peor aspecto. Y el espejo parece confirmar esa opinión.

–He dado una colleja a más de uno por menos que eso –replicó ella, mirándolo con los ojos entornados–. No hay nada que me moleste más que la falsa modestia. Así que mira bien lo que dices si no quieres que te estropee ese peinado tan artístico que llevas.

–Te estoy hablando en serio. Hace más de un año que no me gusta nada mi aspecto y me veo cada vez peor.

–¿Quieres decir que has tenido un aspecto mejor incluso que el de ahora? Deberían haberte arrestado por eso.

–No creas que le doy tanta importancia a mi aspecto. Pero tú has logrado lo que nunca creí posible: que me sienta halagado por tus palabras.

–¡Vaya! ¿Acaso no me expreso correctamente? Te puedo asegurar que no te halagaría ni aunque me apuntaran con una pistola.

–Siento si esto te causa alguna reacción alérgica, pero eso fue exactamente lo que hiciste. Y te lo agradezco, dado el estado en que me encuentro últimamente.

–Sí, ahora que me fijo mejor, creo que tienes razón. Pero las arrugas que se aprecian en tu cara te confieren un atisbo de humanidad que no tenías con esas facciones tan lustrosas de antes.

–Veo que no te caigo bien, Kanza. ¿Puedo saber qué he hecho para merecer tu desprecio?

Los ojos de ella se iluminaron fugazmente al oír su nombre en los labios de Aram.

–¡Aleluya! ¡Me ha reconocido! Y aun después de ello tienes la desfachatez de hacerme esa pregunta. ¿Crees acaso que tus delitos han prescrito con el tiempo?

–¿De que delitos estás hablando?

–Habría muchos donde elegir. ¿No te imaginas a cuáles me puedo estar refiriendo?

–Aunque encuentro delicioso e incluso terapéutico el vapuleo que me estás dando, mi grado de curiosidad está llegando al límite. Te agradecería que me sacaras de dudas y me dijeras cuál fue ese pecado tan grande que cometí en el pasado por el que estoy pagando ahora tan alto precio.

–¿De verdad lo has olvidado? Pues ya puedes empezar a devanarte los sesos, porque no pienso ayudarte a refrescar la memoria.

–No recuerdo haberte hecho nada malo en el pasado que merezca un resentimiento tan prolongado por tu parte. Ello me induce a creer que no se trata de ti sino de Maysoon.

–¡Vaya! ¡El Pirata aún conserva la memoria! Desde luego, eres único en tu especie, Aram Nazaryan –exclamó ella apartándose de él.

Era evidente que ella no deseaba proseguir esa conversación.

Al menos, él ya sabía ahora de dónde provenía su animosidad. Mientras que él apenas recordaba nada de su fracaso sentimental con Maysoon, ella parecía haber acumulado una gran dosis de prejuicios contra él desde el momento mismo de su efímero compromiso con su hermanastra.

–Ese maldito documento no aparece por ninguna parte –dijo ella, cerrando de golpe otro archivador–. Por cierto, ¿qué demonios estás tú haciendo aquí?

–Esperaba encontrar a Johara aquí trabajando.

–¿No me digas que no sabías que Shaheen y ella iban a dar una fiesta esta noche?

–¿No me digas?

–¿También te has olvidado de eso? A saber qué intenciones tendrías al venir aquí.

Él se acercó de nuevo a ella con la misma precaución que se acercaría a un felino hambriento.

–Tú siempre pensando lo peor de mí, ¿verdad?

–Eres tú el que me da motivos para ello.

–Por los insultos que me has dirigido, cualquiera diría que Maysoon es tu hermana favorita.

–Te habría dicho lo mismo si se lo hubieras hecho a un desconocido o incluso a un enemigo.

–Veo que tu código moral no se ve afectado por consideraciones personales. Encomiable. Pero ¿podrías decirme qué fue lo que hice, según tú?

–¡Vaya! ¡Esto tiene gracia! Con dos simples palabras tratas de convertir una cuestión de hecho en una cuestión de opinión. Anda, inténtalo otra vez.

–Ya lo estoy haciendo, pero no me resulta fácil.

–Entonces *el´ab be´eed*.

Esto significaba que lo intentara, pero lejos de ella, por supuesto.

–¿No te gustaría, al menos, exponerme los cargos y leerme mis derechos?

Ella sacó el teléfono móvil.

–No. Pasaremos por alto esos prolegómenos e iremos derechos a pronunciar tu sentencia.

–¿No debería gozar de la condicional después de diez años?

–No. Ya te concedí la vida una vez.

Aram apenas podía contener la risa. Casi le dolía la cara. Nunca se había divertido tanto…

–Eres tan menuda…

–Y tú tan grande y despreciable…

Él soltó una carcajada. No acertaba a comprender cómo aquel pequeño duendecillo se las arreglaba para despertar su humor adormecido con aquellos comentarios tan mordaces.

–¿Has dado por terminada tu búsqueda? –preguntó él, acercándose a la mesa de Johara–. Aunque, a la vista de los golpes que has dado a los archivadores, parecía más bien una operación de destrucción masiva.

–En ese caso –replicó ella, buscando un número en la agenda de contactos del móvil–, puedes ir volviendo a colocar cada cosa en su sitio.

–Creo que ni siquiera Johara podría poner esto en orden después del caos que has organizado.

Ella se limitó a fulminarle una vez más con la mirada y luego comenzó a hablar por teléfono sin prestarle la menor atención.

–Hola, Jo. Siento decirte que no he podido encontrar ese documento que me pediste. Y créeme que lo he buscado por todas partes.

–Querrás decir «hemos», ¿no? –apostilló él en voz alta para asegurarse de que Johara lo oyera.

Aram sonrió abiertamente. Sabía que Johara le había oído, pero debía haberse hecho la sorda, pues imaginaba que Kanza se habría puesto como una furia si Johara le hubiera preguntado con quién estaba.

Él había creído que sabía todo lo que había que saber sobre su hermana pequeña. Pero acababa de comprobar que no solo era capaz de prepararle una encerrona, sino también de improvisar sobre la marcha.

–¿Qué quieres decir con eso de que lo deje? –dijo Kanza con el ceño fruncido–. No. Necesitas ese documento y, si está aquí, lo encontraré. Descríbemelo mejor. Podría haberlo pasado por alto sin darme cuenta.

Kanza se quedó en silencio unos segundos escuchando la respuesta de Johara. Él tuvo la sensación de que debía estar contándole una serie de pamplinas. Estaba absolutamente convencido de que ese documento no existía.

Vio confirmadas sus sospechas cuando Kanza colgó el teléfono.

–¡No me lo puedo creer! Johara dice ahora que no está del todo segura de que el documento esté aquí. ¡Y le echa la culpa a las hormonas del embarazo!

–Después de todo, solo hemos perdido una hora poniendo el despacho patas arriba. Aparte del desorden, no hemos causado ningún daño.

–En primer lugar, no hables en plural sobre el

asunto. En segundo lugar, yo llevaba ya una hora aquí cuando tú llegaste. Y en tercer lugar, mientras yo estaba afanada buscando el documento, tú estabas ahí tan feliz, como si nada. La buena noticia es que ahora puedo marcharme de aquí tranquilamente y poner fin al suplicio de este encuentro tan desagradable.

–¿No piensas siquiera tratar de paliar la destrucción que has dejado a tu paso?

–Johara insistió en que lo dejara todo y fuera corriendo a la fiesta.

Así que estaba invitada. ¿Quién lo diría? Por la forma en que iba vestida, cualquiera pensaría que iba a sacar la basura.

Pero era evidente que tenía intención de ir a la fiesta. Ese debía haber sido el plan A de Johara y Shaheen.

Kanza se puso una chaqueta roja, se colgó del hombro el maletín con su ordenador portátil y se dirigió a la puerta sin mirar atrás.

Sin embargo, al llegar, se encontró con el cuerpo de Aram bloqueándole el paso. Aram advirtió una cierta expresión de vulnerabilidad en sus profundos ojos negros mientras ella se tambaleaba ligeramente hacia atrás.

–¿Qué te parece si salimos juntos? Puedo llevarte a la fiesta en mi coche.

–No necesito tu coche. ¿Cómo crees que llegué aquí? ¿Andando?

–Un duendecillo como tú podría haber llegado en un abrir y cerrar de ojos.

–En ese caso, podría salir de igual manera.

–Conmigo, podrías ahorrarte tus poderes mágicos.

–Desengáñate. El papel de caballero no te va. No te esfuerces conmigo, sería una pérdida de tiempo. No soy ninguna doncella en apuros. Y si lo estás haciendo para ganar puntos con Johara, ya puedes ir olvidándote de ello.

–No sé por qué tratas siempre de buscar razones ocultas y enrevesadas a mis actos. Soy mucho más simple de lo que crees. He decidido ir a la fiesta y, dado que tú también vas a ir, creo que no hay nada más lógico y natural que te guardes tu varita mágica y vayamos juntos en el coche que tengo aparcado en el garaje. Es un vehículo normal y corriente.

–¡Qué casualidad! Yo también lo he dejado allí. Aunque mi coche es un utilitario de verdad, no como el tuyo. Según he oído, habla, piensa, obedece tus órdenes y aparca él solo. Y además sabe cuándo hay que frenar y adónde hay que ir. Solo le falta prepararte un sándwich y un capuchino para parecer un ser humano.

–Preguntaré en el concesionario si hay algún modelo con esas prestaciones. Pero entretanto, ¿no te gustaría ahora dar una vuelta en mi coche casi humano?

–No. Como tampoco me gustaría estar en tu presencia casi humana. Ahora *ann eznak…* o mejor aún, *men ghair eznak* –replicó Kanza, dándose la vuelta y saliendo por la puerta.

Aram se quedó quieto hasta que ella salió del despacho. Con unas cuantas zancadas la alcanzó.

Kanza se puso a revisar los mensajes de su móvil sin prestarle la menor atención. Ni siquiera se dignó a mirarle cuando entró en el ascensor con ella y luego la siguió hasta el garaje.

–¿Te ocurre algo? –exclamó cuando llegó al coche con Aram pisándole los talones.

–Solo estaba tratando de ser amable –respondió él con su mejor sonrisa.

Ella lo miró de arriba abajo sin decir una palabra y luego entró en su Ford Escape. Era de color rojo, igual que su chaqueta. Parecía que el rojo era su color favorito.

Arrancó velozmente con un chirrido. Aram tuvo que dar un salto y echarse a un lado.

Luego sonrió mirando las luces rojas traseras del coche cuando ella frenó a la salida del garaje. Sintió un torrente de adrenalina correrle por las venas.

Ninguna otra mujer había conseguido provocarle una sensación así.

Sin embargo, lo había rechazado. Más aún. Lo había despreciado.

Solo había una cosa que podía hacer ahora.

Darle caza.

Capítulo Tres

Kanza se resistió a la tentación de pisar el acelerador. Aquella rata la estaba siguiendo. Aquella rata asquerosamente atractiva.

Volvió a mirar por el espejo retrovisor.

Sí, aún seguía allí. ¡Maldita sea! Demostraba ser un conductor experto. Sabía que estaba intentando sacarla de quicio para demostrarle que nadie podía rechazarlo, que él se salía siempre con la suya, aunque fuese a costa de pasar por encima de los demás.

Sintió ganas de pisar el freno y obligarle a detenerse justo detrás de ella. Luego se bajaría del coche se acercaría a su ventanilla y... ¿Qué le haría?

¿Morderle? ¿Para qué? Ya había intentado sacarle de sus casillas con sus insultos, pero aquel patán grosero e insensible parecía haber encontrado en ello un motivo de diversión.

Apretó los dientes y continuó su camino hacia la casa de Johara y Shaheen, viendo a través del espejo retrovisor cómo el pertinaz depredador seguía impasible su persecución.

Veinte minutos después, aparcó el coche, tomó aire como si se preparase para un combate y se bajó del vehículo.

Vio con el rabillo del ojo cómo él aparcaba a tres coches del suyo. Parecía estar llevando su broma hasta el final.

Lo mejor sería dejarle que siguiera con su estúpida diversión.

Al llegar al ascensor, se dio cuenta de que se había dejado en el maletero del coche el regalo que había comprado para Johara y Shaheen, junto con el caballito árabe de juguete que le había prometido a Gharam.

Volvió de nuevo al coche, cruzándose con Aram, que había estado siguiéndola a tres pasos exactos de distancia.

Recogió las cajas de los regalos, pero al cerrar la puerta del maletero se dio cuenta de había olvidado quitarse las zapatillas deportivas y ponerse los zapatos.

¡Ese tipo estaba consiguiendo desconectarle las neuronas.

Vio que Aram estaba esperándola muy tranquilo en el ascensor.

Volvió al ascensor con una caja en cada brazo. En contra de lo que esperaba, él no se ofreció a llevárselas. Ni siquiera subió al ascensor con ella. Se quedó allí de pie mirándola con una calma desconcertante mientras ella fingía estar revisando los mensajes del móvil.

Suspiró aliviada cuando las puertas se cerraron finalmente. Podría estar tranquila al menos unos minutos.

Johara la recibió con una sonrisa, agradeciéndole los regalos, y la llevó a donde estaban Shaheen y Gharam. Pero, al poco rato, se disculpó y fue corriendo a abrir la puerta de nuevo.

Kanza estaba segura de que sería él, y sintió el corazón latiéndole desacompasadamente.

Entró en el salón de la fiesta, decidida a mezclarse con los invitados. No era ese uno de sus pasatiempos favoritos, pero lo prefería a tener que soportar la presencia de Aram Nazaryan.

Sin embargo, vio que, después de una hora, él no había hecho el menor intento de acercarse a ella.

Estaba en esas reflexiones cuando Johara se le acercó para pedirle que le llevara el caballito al cuarto de estar para que Gharam no lo rompiera el primer día. La niña, de dos años y medio, era muy guapa pero bastante traviesa. Todo el mundo decía que había salido a su tío materno.

Acababa de terminar el encargo cuando sintió como si una corriente de mil voltios le atravesara el cuerpo al oír la aterciopelada voz de barítono de Aram a su espalda.

—Vengo a solicitar la reapertura de mi caso.

Tardó unos segundos en comprender el sentido de sus palabras. Pero no se volvió hacia él. No podía. Se sentía como paralizada por un fuerza invisible.

Aram se puso frente a ella, pero a una distancia prudencial, como un cazador que tuviera a su presa acorralada pero no quisiera correr el riesgo de sufrir los arañazos de sus garras.

Era, sin duda, la criatura más hermosa que había visto nunca.

¡Maldito hombre! ¿Cómo era posible que exis-
tiese un ser dotado de tanta belleza y perfección?

Parecía increíble que fuera hermano de Johara.
Aunque ambos poseían una belleza fascinante,
casi dolorosa para la vista, no se parecían en nada.
Mientras Johara tenía un increíble pelo rubio,
unos ojos color chocolate fundido y una tez de
porcelana, Aram era todo lo contrario.

Tenía los mismos ojos azules de su madre francesa, pero de un color aún más vivo e hipnótico.
Había heredado de la familia su prodigiosa altura.
De su padre, americano, pero de origen armenio,
su espléndido pelo de color cobre bruñido y la tez
oscura.

¡Y qué decir si se entraba en los detalles! El dia-
blo debía estar detrás de muchos de ellos. Cada
rasgo de sus facciones parecía esculpido por un
maestro renacentista. De cada curva y cada músculo
de su cuerpo, emanaba una fuerza y una masculinidad arrolladoras. Cada uno de sus movimientos
y miradas eran un modelo de elegancia y virilidad.
Era la gloria personificada.

Sintió ahora un hormigueo por el cuerpo al ver
su sonrisa letal arqueando sus labios llenos de sensualidad.

–He sido injustamente tratado y deseo presentar una moción.

Ella se dio cuenta de que proseguía con su
juego. Tenía que pararle los pies.

–Y yo sostengo que no solo conseguiste salir im-
pune de tus crímenes, sino que fuiste espléndida-
mente recompensado por ellos.

—Si te refieres a mi éxito en los negocios, no acierto a ver qué relación puede tener con mis supuestos crímenes.

—Muy fácil. Conseguiste triunfar en los negocios utilizando los mismos principios con los que perpetraste tus crímenes.

—En ese caso, debo alegar que esos principios que me atribuyes están fundados en evidencias meramente circunstanciales.

—Veo que no estás solicitando una revisión del juicio, sino la exoneración total de tus antecedentes penales.

—No. Nunca renunciaría a mis principios y convicciones. Pero sí exijo una vista oral para exponer un testimonio que no fue tenido en cuenta en su día.

—¿Por qué ibas a gozar de ese privilegio, cuando no demostraste la menor clemencia con tus víctimas?

—Cuando hablas de víctimas, supongo que te estás refiriendo a Maysoon, ¿no?

—Soy muy estricta en asuntos de justicia, y nunca me atrevo juzgar cosas que solo conozco de oídas, pero el caso de Maysoon lo conozco de primera mano.

Aram pareció sorprendido. Pero tal vez solo estaba fingiendo, pensó ella.

—Eso es muy loable y noble por tu parte… No, lo digo en serio –dijo él, al ver su cara de escepticismo–. Según mi experiencia, cuando a la gente no le gusta alguien, trata de demonizarlo atribuyéndole todos los defectos del mundo, haciendo

un juicio paralelo y mediatizando consecuente-
mente la acción de la justicia.

Ella frunció los labios, negándose a considerar
la posibilidad de que estuviera siendo sincero.

–No creas que vas a conseguir nada con elogios
o con palabras grandilocuentes.

–¿No vas a concederme siguiera la posibilidad
de defenderme?

–Lo que realmente quieres es un indulto que ni
te has ganado ni te mereces. En cualquier caso, ¿no
crees que ya has llevado tu broma bastante lejos?

–¿De qué broma estás hablando?

–Ahórrame los detalles, por favor.

–Perdona, pero no consigo seguirte.

–Desde que te has convertido en mi sombra y
me sigues a todas partes, no me has dejado terminar una frase sin interrumpirme con alguna de tus
ingeniosidades.

Él negó con la cabeza con aire resignado.

–Si piensas que lo hacía por gusto, te equivocas.
Me ha sido muy difícil controlarme. No has parado de provocarme toda la noche con tus insultos
e ironías. Así que, por favor, concédeme una tre-
gua.

–A un hombre tan despreciable como tú, no estoy dispuesta a concederle nada.

–Eres increíble. Tienes una lengua que podría
herir al hombre más pintado. Y en cuanto a tu mirada, podrías fulminar a cualquiera reduciéndolo
a cenizas.

–Si pudiera hacer eso contigo, no haría más
que lo que te mereces.

–¿Qué te he hecho yo ahora? –exclamó él con un falso tono lastimero–. ¿Es solo por la broma esa de la que me acusas?

–No se trata de ninguna acusación sino de la constatación de un hecho. Has estado divirtiéndote a mi costa desde que te encontraste conmigo en el despacho de Johara.

–Reconozco que he disfrutado mucho, pero no me he tomado nada a broma.

Kanza sintió el corazón golpeándole las costillas. Tenía que poner fin a aquello antes de que su corazón acabase magullado.

–Está bien, así no vamos a ninguna parte. Digamos que te creo. Dame otra razón por la que estás haciendo esto. Y no me digas que te preocupa lo que pueda pensar de ti, porque a ti no te importa nada lo que piensen los demás.

–Tu opinión me interesa mucho, pero ahora me gustaría volver contigo a la fiesta. Tomemos una copa juntos. Podemos reabrir mi caso y ver si puedo cambiar la mala opinión que tienes de mí.

–¿Te conformarías con que pasase de ser terriblemente mala a simplemente mala?

–¿Quién sabe? Tal vez cuando se revise mi caso, tu sentido inquebrantable de la justicia te lleve a admitir que fui objeto de un error judicial.

–O a que te comportaste como un miserable villano.

Él se echó a reír una vez más.

Kanza le dirigió una de sus miradas asesinas, pero no tuvo el menor efecto sobre él. Todo lo contrario. Él le devolvió una sonrisa como si su mirada fuera la cosa más dulce que hubiera visto en su vida.

–Dijiste que podía incinerar a un hombre con la mirada, pero parece que a ti te hace el mismo efecto que si te arrojara pétalos de rosas.

–Soy yo, que estoy descubriendo una extraña fascinación por tus miradas.

Parecía claro que Aram estaba dispuesto a seguir eternamente con aquel juego hasta que ella le concediese la «revisión de su juicio».

–Creo que cambiarías la mala opinión que tienes de mí si me dieras una oportunidad.

–Solo conseguirías que cambiara para peor.

–Estás hecha toda una pequeña diablesa –replicó él con una sonrisa de satisfacción.

No deseando entrar en su juego, Kanza se dio la vuelta y salió del cuarto.

Él la siguió, manteniendo los tres pasos de distancia.

Molesta por la situación, salió a la terraza que daba a Central Park ya envuelto en la oscuridad. Las luces de Manhattan brillaban como joyas de fuego bajo el manto negro de la noche. Se apoyó en la barandilla y contempló la luna. Se estremeció al sentir la brisa fresca y se envolvió el cuerpo con los brazos.

–¿Puedo ofrecerte mi chaqueta o corro el riesgo de perder la cabeza en el intento?

Ella, disimulando a duras penas el frío que estaba pasando, se apartó el pelo de la cara.

–No tientes a la suerte si quieres seguir manteniéndola en su sitio.

–¿Qué tal si nos vamos a esa esquina?

Se dirigieron a la esquina que Aram había sugerido. Al doblar la esquina de la terraza, la brisa pareció calmarse. Tal como él había imaginado, aquel era un lugar mucho más apacible.

–Quieto ahí –dijo ella de repente–. No te muevas. Estás en el punto exacto para protegerme del viento. Por fin ese corpachón que tienes va servir para algo.

Los ojos de Aram volvieron a brillar de hilaridad, irradiando su azul hipnótico bajo el claro de luna.

–Desprecias mi gestos de cortesía, pero te parece bien usarme como barrera protectora, ¿eh?

–No pienso pillar una pulmonía por tu culpa. ¿Por qué no te quedaste en la fiesta? Todas las mujeres parecían deseosas de gozar de tu compañía –replicó ella con un suspiro exagerado–. No saben lo gustosa que les cedería ese privilegio.

–Ese es un privilegio intransferible. No puedes renunciar a él –dijo él sin perder su sonrisa–. Y bien, antes de que dé comienzo la causa de mi juicio, ¿quieres que vaya a traerte algo?

–No suelo tomar alcohol. Puedes traerme cualquier cosa que no tenga veneno.

Tomó un vaso de zumo de manzana con arándanos de la bandeja de un camarero y se dirigió de nuevo a la terraza.

¿Cómo era posible que después de todos esos años siguiera siendo el único hombre que conseguía despertarle una mezcla explosiva de fascinación y desprecio?

Desde la primera vez que había puesto los ojos en él a los diecisiete años, lo había considerado el hombre más extraordinario del mundo. Por eso había resultado más dura su caída del pedestal en el que le había colocado, tras haber demostrado ser un hombre como otro cualquiera, que valoraba a una mujer solo por su aspecto físico y su posición social.

Aquel recuerdo, unido a la forma tan humillante en la que había roto con su hermanastra, aumentó su indignación al acercarse y darle la bebida.

No pudo dejar de observar, sin embargo, la forma tan elegante con que sujetó el vaso entre los dedos.

Tenía que acabar de una vez con aquella ridícula velada.

–Creo que debemos pasar, sin más preámbulos, a esa absurda revisión de tu juicio. Va a ser la más rápida de la historia. Los cargos fueron concluyentes y las pruebas abrumadoras. A pesar de sus defectos, Maysoon te amaba y tú la echaste a patadas de tu vida. Y, luego la dejaste hecha un guiñapo en el suelo y te fuiste tan tranquilo a prosperar en tus negocios, mientras ella arruinaba su vida, autodestruyéndose con una sucesión de fracasos sentimentales. Si yo hubiera juzgado tu caso entonces, te habría impuesto la sentencia más severa. En cualquiera revisión del juicio, seguiría declarándote culpable y dictaminaría una condena ejemplar.

Aram se quedó mirando a aquella mujer rebelde y menuda . No podía seguir tomándose la cosa a broma. Tenía que tener cuidado con lo que decía a partir de ahora. Si cometía alguna torpeza, ella se marcharía sin darle otra oportunidad de defenderse y él no estaba dispuesto a dejar que eso sucediera.

Alzó la vista y clavó los ojos en los suyos.

–Alego que esas pruebas que calificas de abrumadoras eran solo circunstanciales. No soy responsable de ninguno de los cargos que se me imputan. Puedes ir citando todas esas pruebas y yo las iré refutando una a una.

–¿No es cierto acaso que apartaste a Maysoon de tu vida?

–No en la forma en que la has pintado.

–¿Ah, no? ¿Y cómo la pintarías tú? ¿En blanco y negro o en color? ¿O tal vez se te haya desvanecido la memoria y quieras pintarla en sepia?

–¿Quién está siendo ahora sarcástica? ¿Qué sabes tú de lo que pasó entre Maysoon y yo, aparte de sus diabólicas acusaciones y de tus observaciones no menos tendenciosas?

–¿Por qué no me cuentas entonces tu propia versión?

Aram se quedó sorprendido de su buena disposición al diálogo.

–Supongo que sabías cómo era tu hermanastra… Es posible que haya cambiado con los años, pero entonces era insufrible.

–Ya. Y no te diste cuenta de eso hasta que te comprometiste con ella, ¿verdad?

–No. Me di cuenta mucho antes.

–Y, a pesar de eso, seguiste con ella. ¿Por qué?

–Fui un imbécil. Quería casarme y formar una familia, así que cuando Maysoon comenzó a asediarme…

–Ten cuidado con lo que dices. No te desvíes de la cuestión ni te inventes historias de novela, echando a Maysson la culpa de lo que pasó. Todas las mujeres de Zohayd te asediaban. Habrías terminado teniendo un harén si hubieras hecho caso a todas.

–¿Quién está ahora exagerando? No todas las mujeres iban detrás de mí. Aliyah y Laylah, por ejemplo, me consideraban solo uno más de la familia. Y tú ni siquiera me considerabas un ser humano.

–¿Qué importancia pueden tener dos mujeres entre dos millones?

–Tienes razón. Pero lo cierto era que las mujeres que me asediaban buscaban en mí solo una aventura y se sentían decepcionadas cuando descubrían que eso no era lo que yo deseaba.

–¿Estás tratando de decirme que nadie, salvo Maysoon, quería tener una relación seria contigo?

–Comparadas con Maysoon, las demás no valían nada a mis ojos. Tu hermana me pareció la mujer ideal. Tenía la edad adecuada, era atractiva y muy decidida. Es cierto que era algo frívola y superficial, pero, después de un año asediándome, pensé que le gustaba lo que veía en mí.

–¿Y qué crees que veía en ti? ¿Tu cuerpo o tu cerebro?

–Pensé que le gustaba tal como era. Yo sabía la

imagen que tenían de mí en los círculos reales de Zohayd y la atracción que despertaba en las mujeres. Representaba para ellas ese extranjero exótico de una clase social inferior a la suya con el que podían tener una aventura prohibida. Muchas me consideraban solo un juguete. Pensé que Maysoon me veía de forma diferente. A pesar de nuestras diferencias sociales y de que no fuera el pretendiente ideal para una princesa, estaba convencido de que me valoraba por mí mismo.

»Pero luego me di cuenta de que solo era un desafío para ella como mujer. Deseaba resultar victoriosa sobre las demás. Comenzó a tratarme como a un pelele. A decirme cómo debía de comportarme en público y en privado. A intentar distanciarme de mi padre, al que ella consideraba poco menos que un criado. Me imponía las personas a las que podía acercarme y hasta la forma en que debía halagar a los hermanos de Shaheen para ganarme una posición respetable en el reino y conseguir una riqueza semejante a la de ellos.

»Parecía tener prisa en que pusiera en práctica sus planes cuanto antes. No podía esperar a seguir llevando una vida que ella consideraba por debajo de su categoría. Me dijo que, cuando fuese su marido, sería mi deber elevarla al nivel del lujo que se merecía. Durante los cuatro meses que duró nuestro compromiso, no fui capaz de poner coto a sus caprichos y exigencias. Hasta que llegó la noche de la fiesta.

Aram recordó que Kanza estuvo allí esa noche con uno de sus horrendos atuendos y extravagantes maquillajes. Fue la última persona a la que vio cuando salió del salón pasando por encima de Maysoon. Aún podía ver el odio en sus ojos.

–Maysoon me llevó ante el rey Atef y Amjad. Debía solicitar la concesión de un alto cargo que había quedado vacante o, en su lugar, una importante suma de dinero a modo de préstamo. Pero cuando vio que no abordaba el asunto con la decisión y arrojo que me había aconsejado, decidió tomar el control de la situación. Elogió mis planes económicos para Zohayd y se atrevió a hacer incluso un resumen bastante confuso de ellos. Luego procedió a denigrar mis planes de negocios personales que había cometido el error de contarle. Acabó afirmando muy ufana que, cualquier persona con mi ayuda podría cosechar millones si contaba con la financiación adecuada… Era un alma mercenaria que desconocía el verdadero valor del dinero, ya que nunca había ganado un solo céntimo con su trabajo ni se había preocupado de mirar sus facturas.

Kanza pareció corroborar con su expresión la veracidad de lo que Aram acababa de decir de su hermanastra.

–Ni que decir tiene que ni el rey Atef ni Amjad recibieron una buena impresión. Debieron pensar que yo había incitado a Kanza a decir aquellas cosas. Estuve tentado de decirles la verdad. Confesar que yo era para ella solo un medio de conseguir sus fines y sufragar su vida de derroches. Pero, en lugar de eso, traté de mitigar, lo mejor que pude, el daño que ella había causado. Pedí disculpas y me retiré. Sin el consentimiento de ella, por supuesto. Maysoon vino hacia mí vociferando e insultándome. Me dijo que era un imbécil, un fracasado, que no sabía aprovechar las oportunidades ni hacer uso de las influencias. Dijo que me había elegido a mí por mi capacidad para infiltrarme en las altas esferas de la realeza, pero que si quería ser su esposo tendría que estar dispuesto a hacer cualquier cosa para proporcionarle el estilo de vida que ella se merecía.

Kanza hizo un gesto de pesar. Aunque sospechaba que Aram estaba diciendo la verdad, le avergonzaba tener que oír esas cosas de Maysoon.

Él pensó que no debía ir más lejos en su relato. Pero ella le hizo un gesto para que prosiguiera.

–Me entraron ganas de reír, pero no lo hice. Le dije simplemente que estaría dispuesto a hacer cualquier cosa por una mujer que se casase conmigo por mí mismo y no para satisfacer sus caprichos. Luego me marché. Maysoon no fue el primer error que cometí en Zohayd, pero sí el único que corregí.

Aram hizo una pausa y luego pasó a la fase de conclusiones en la que esperaba refutar su acusación principal.

–Si tu hermanastra ha estado desperdiciando su vida y autodestruyéndose es porque eso es lo que ha estado acostumbrada a hacer a lo largo de toda su vida de excesos y caprichos, no por nada de lo que yo puede hacerle. No es culpa mía si ha arruinado su vida, por la sencilla razón de que yo nunca representé nada para ella.

Capítulo Cuatro

Kanza se quedó hipnotizada mirando un buen rato a Aram después de su testimomio.

Todavía podía sentir sus palabras como las picaduras de un millar de avispas.

No podía haber imaginado que él pudiera haber sido víctima de aquella situación tan humillante y vejatoria en Zohayd.

Ella también era culpable. Lo había tratado injustamente. A su manera, también lo había discriminado.

Sin embargo, la historia no estaba completa del todo.

–Pero acabaste siguiendo los consejos de Maysoon. Y ella se vio privada de la recompensa a sus esfuerzos porque tú la repudiaste y emprendiste aquella meteórica carrera por tu cuenta. ¿Acaso no pediste a la Hermandad Aal Shalaan que te proporcionase contactos e influencias y un importante apoyo financiero con los que conseguiste amasar tu fortuna?

–¿Fue eso lo que ella te dijo? –exclamó él con tono exasperado–. Sabía que su afán de venganza no tenía límites, que haría y diría cualquier cosa para denigrarme por haber conseguido escapar de sus garras. ¿De qué más me acusó? ¿De abusar de ella?

–Ella dijo que tú… te aprovechaste de ella y que luego, cuando te cansaste, la echaste de tu lado.

Aram entornó los ojos hasta que parecieron dos láseres azules.

–¿Te refieres a aprovecharme… sexualmente? –exclamó él con una sonrisa, y luego, añadió al ver que Kanza asentía con la cabeza–: Nunca tuve sexo con ella de ninguna manera. Ella intentó en ocasiones algunos juegos amorosos a los que no correspondí. Al margen de unos cuantos besos sin mayor entusiasmo, nunca quebranté su «pureza». Tampoco tuvo mucho mérito. Jamás sentí por ella la menor tentación. Y cuando me di cuenta de sus verdaderas intenciones y de lo que quería de mí, empezó a parecerme repulsiva.

–¿Quieres decir que fuiste capaz de permanecer inmune a los encantos de una mujer tan hermosa como Maysoon cuando ella se te ofreció? Nunca había oído que la aversión mental hacia una mujer pudiera inhibir el deseo sexual de un hombre.

–Hay hombres que no encuentran irresistible a una mujer hermosa por muy dispuesta que esté.

–Reconozco a una viuda negra en cuanto la veo y procuro retirarme discretamente para librarme de su veneno. Por simple instinto de conservación. La sensación de que uno va a ser manipulado es mucho más efectiva que una ducha de agua fría. Pero, aun sabiendo de lo que ella era capaz, nunca pensé que llegaría hasta el extremo de calumniarse a sí misma, solo para pintarme con esos tintes tan negros y sombríos. Máxime, en un reino tan conservador como el suyo, donde el honor de la mujer radica en su pureza sexual.

Kanza pensó que él estaba siendo sincero. Eso significaba que todo lo que ella había creído de él era mentira. ¿Qué podía hacer ahora después de sus insultos? ¿Pedirle disculpas? ¿A qué conduciría eso? Su opinión nunca le había importado a nadie. Y menos a él.

La voz de Aram la sacó de sus pensamientos.

–Ahora es el momento de exponer mis alegatos a tu otra acusación: la de solicitar la famosa ayuda financiera de la Hermandad Aal Shalaan.

Él le dirigió una mirada indulgente y se acercó lentamente a ella. Se quedó allí inmóvil viendo cómo él se aproximaba poco a poco y se quitaba la chaqueta. Luego, sin apenas tocarla, se la puso en los hombros. Ella se sintió reconfortada inmediatamente por su calor y su aroma masculino.

Durante unos instantes, se sintió como si estuviera completamente envuelta en él. Alzó la cabeza para ver sus maravillosos ojos azules y su sonrisa fascinante. Se sintió sacudida por una especie de terremoto.

–Ahora que ya has entrado en calor, puedo contarte lo que pasó después de aquel enfrentamiento en la fiesta. Básicamente, me vi obligado a marcharme de allí. Estaba a punto de hacerlo cuando la Hermandad Aaal Shalaan vino a verme. Todos menos Amjad, por supuesto. Trataron de convencerme de que no me fuese, afirmando que me conocían demasiado bien para creer las acusaciones de Maysoon. Se ofrecieron a ayudarme a crear mi propio negocio prestándome su ayuda financiera. Pero yo decliné su oferta. Yo no quería su limosna. No deseaba siquiera mantener el menor vínculo con Zohayd después de aquello. Me quedé en Zohayd por mi padre, pero sentía que mi estancia no le hacía ningún bien y, después de las artimañas de Maysoon, sabía que mi presencia no le causaría más que disgustos. Tampoco esperaba ya el regreso de Shaheen para conseguir nuestra esperada reconciliación.

–¿Vas a decirme también que Shaheen fue culpable de vuestra enemistad?

–No, eso fue culpa mía. Pero no esperes que te diga qué fue lo que hice para que él huyese de su propio país por alejarse de mí.

–¿Por qué no? ¿No estás haciendo esta noche una catarsis de tus malas acciones?

–¿Esperas que desvele todos mis secretos en una sola noche? No tendría entonces ya nada que contarte la próxima vez que nos viéramos –exclamó él con una sonrisa–. Pero déjame que te cuente solo una cosa más. Rechace la oferta de los hermanos de Shaheen porque tenía un buen plan de negocio, conocimientos teóricos y alguna experiencia. Estaba dispuesto a comerme el mundo.

–Y lo conseguiste. Seguí con interés la expansión de tu empresa de gestión y consultoría. La mayoría de las firmas más importantes reclamaban tus servicios.

–Me sorprende que estuvieras al tanto de mis

actividades. Me habría gustado ganarme tu confianza, pero desgraciadamente las cosas no sucedieron de ese modo. No fue todo de color de rosa. Al principio, sufrí algunos contratiempos... por decirlo así.

—¿Qué pasó?

—A pesar de mis títulos académicos y mi experiencia en Zohayd, no estaba preparado para tirarme a la piscina con los tiburones. Pero me las arreglé para salir airoso con solo algunos mordiscos y conseguir poner mi negocio en marcha.

—Puede que Maysoon no dijera la verdad sobre la forma en que conseguiste tu fortuna, pero ¿puedes culparla por haber pensado lo peor de ti después de la forma tan cruel en que la humillaste en público?

Aram se acercó un poco más a ella e inclinó la cabeza hacia atrás para mostrarle el cuello.

Ella se quedó un instante desconcertada. Parecía como si le estuviera pidiendo que...

—¿Ves esto?

La pregunta de Aram le sacó de sus eróticos pensamientos.

Vio tres cicatrices paralelas atravesándole desde la oreja derecha hasta la mitad del cuello. No se había percatado de ellas hasta ahora porque estaban ocultas bajo su pelo largo y espeso. Sintió una extraña desazón al contemplarlas. Parecían antiguas y, aunque no eran especialmente repulsivas, era evidente que debían ser resultado de unas heridas muy importantes.

—Antes de abandonar la fiesta aquella noche,

Maysoon me dejó este recuerdo. Al parecer, no quería dejarme marchar sin darme algo suyo. Me cruzó la cara con un látigo.

Kanza se estremeció. Sabía lo histérica que Maysoon podría llegar a ser.

—Me aparté de ella y fui corriendo al servicio para curarme las heridas. Tuve que cerrar la puerta para que ella no entrase y siguiera dando rienda suelta a su histerismo. Pero en cuanto salí del baño, ella se abalanzó sobre mí. Tenía que cruzar el salón para poder salir de allí. La gente se arremolinó alrededor de nosotros mientras ella gritaba que la había engañado. Yo solo deseaba marcharme de allí cuanto antes, pero cuando traté zafarme de ella, se arrojó al suelo, gritando entre sollozos que yo la había pegado. No pude soportar más el espectáculo. Me di la vuelta y me fui.

Aram respiró hondo y dejó escapar un suspiro antes de proseguir.

—Pero mi declaración no estaría completa si no dijera que le estaré eternamente agradecido por todo lo que hizo.

—¿Cómo dices? —exclamó ella, atónita.

—Si su campaña de difamación no me hubiera obligado a abandonar Zohayd, nunca habría encontrado mi propio destino. No hay mal que por bien no venga. ¿Ha cambiado tu opinión de mí, ahora que has oído mi testimonio completo? —preguntó él.

—Es tu palabra contra la suya.

—Entonces estoy en desventaja, ya que ella es tu hermanastra. Creo solo habrá una manera de que puedas emitir un juicio justo: conociéndome mejor.

–¿Y cómo puedo hacer eso? –exclamó ella con voz trémula.

–Manteniéndonos en contacto –dijo él, frotándose las manos–. ¿Cuándo va a ser nuestra próxima sesión de reconocimiento?

–No habrá una próxima vez –replicó ella con el corazón en la garganta.

–¿Por qué? Hemos pasado la vista oral, pero aún queda la sentencia.

–Mi veredicto es de inocencia. Eres libre de hacer lo que quieras. Créeme, es mejor dejar las cosas como están.

–Pemíteme que disienta –replicó él con una sonrisa–. ¿Por qué no propones tú misma el lugar y la fecha para volver a vernos? ¿O prefieres que lo haga yo?

–Ya has tenido tu revisión del juicio y deseo guardar un buen recuerdo de este encuentro. Ahora apártate de camino.

Kanza le devolvió la chaqueta y lo empujó ligeramente para abrirse paso.

Sentía deseos de salir corriendo de allí.

¿Pensaba acaso que iba a arriesgarse a estar con él de nuevo?

Había tenido apenas un par de roces con él esa noche y había conseguido salir viva a duras penas.

No podía volver a tentar la suerte.

***

–Veo que te has encontrado con Kanza.

Aram se detuvo en seco al oír esa voz que le era tan familiar y dejó escapar un gruñido.

Shaheen no era la persona que más deseaba ver en esos momentos.

En realidad, no deseaba ver a nadie más que a esa mujer imprevisible que se le había escabullido de nuevo. Aunque no albergaba muchas esperanzas ya de verla esa noche.

–¿Encontrado? Espero que tu querida esposa y tú no hayáis montado una conspiración para juntarnos.

–Te aseguro que yo apenas he participado. Ha sido tu hermanita la artífice. Pero solo se limitó a «daros un empujoncito». Te conozco bien y sé que, si te hubiera desagradado la idea, te habrías marchado en cinco minutos. Pero has pasado más de cinco horas en compañía de Kanza. Decir que la has encontrado… compatible, creo que sería quedarse corto.

–¡Alto ahí, amigo! No se te ocurra ir por ese camino, ¿me oyes? Solo he estado hablando con esa… ¡Por todos los diablos! Ni siquiera encuentro un nombre para ella. No sé si es una niña, una mujer o vaya usted a saber qué.

–Ya es un gran avance que no la consideres un monstruo o un duendecillo.

–No. No creo que sea ninguna de esas cosas. Toda la noche he estado pensando si es un duendecillo, un elfo o un hada… pero nada de eso la describe bien.

–La palabra que estás buscando es… tesoro.

Aram se quedo mirando a su amigo con cara de extrañeza.

Kanz significaba *tesoro* en árabe y Kanza, por tanto, era la forma en femenino. ¿Cómo era posible que él no se hubiera dado cuenta antes?

–Tesoro no es exactamente como yo la describiría tampoco.

–Puede ser que no esté dentro de ninguna categoría.

–Quizá tengas razón. Pero no pienso pedirle que se case conmigo. Así que ya puedes ir olvidándote de eso.

–Tu… prudencia es comprensible. La acabas de conocer, como mujer, hace solo unas horas. Es razonable que no quieras ir más allá… de momento.

–Ni de momento, ni nunca. ¿No puede acaso un hombre disfrutar de la compañía de un ser inidentificable sin mayores pretensiones?

–Dímelo tú –replicó Shaheen muy divertido.

–Sí, claro que sí. Siempre que tu media naranja y tú no metáis las narices en mis asuntos. Déjame divertirme un poco, por variar, y no trates de convertir esto en algo más de lo que es. ¿Entiendes?

–Lo entiendo perfectamente.

–¿Por qué me dices que sí a todo y no discutes conmigo como acostumbras? ¡Uy! No sé por qué me da la impresión de que me tenéis preparada alguna otra desagradable sorpresa.

–Yo diría que encontraste la primera bastante encantadora.

–Mantén tus reales narices fuera de esto, Shaheen. Sé lo que me conviene.

–Sí, no lo dudo. Pero relájate un poco.

–¿Relajarme? ¿Contigo al lado? Tu esposa y tú sois un peligro viviente.

Shaheen le pasó un brazo por el hombro.

–Nosotros ya hemos cumplido nuestra parte como catalizadores. Ahora dejaremos que el experimento progrese sin nuestra intervención.

–Solo quiero averiguar lo que la hace tan… incalificable.

Shaheen suspiró teatralmente.

–Supongo que es porque no tiene el aspecto que se espera de una princesa, y mucho menos de una profesional de los negocios. Antes de asociarse con Johara, todo el mundo la describía como una mujer tímida, desmañada e incluso cohibida.

–¿Qué?

–No sé de qué te extrañas. Tú también tenías la idea de que Kanza era un especie de monstruo.

–Al menos «monstruo» definía muy bien su carácter fiero y aguerrido.

–Creo que es una mujer simplemente agradable –replicó Shaheen, encogiéndose de hombros.

–¿Agradable? Ese es el último calificativo que yo usaría para describirla. No es tan benévola, indolente y desapasionada como puede parecer.

–¡Vaya! Después de una noche en su compañía, parece que te has convertido en una autoridad en la materia. ¿Cómo las describirías tú?

–Ya te he dicho que es indescriptible. Es un manojo de espinas inaccesible, una fuerza imparable de la naturaleza… algo así como… un huracán.

–¡Uf! Eso debe ser terrible.

Aram captó la ironía de su amigo y temió que su entusiasmo pudiera malinterpretarse.

Después de unos minutos más bromeando, Shaheen llevó a su amigo adonde estaba Johara. Aram tuvo que soportar más bromas de su hermana. Al final, hizo prometer a los dos que no se entrometieran más en su vida sentimental.

Al salir de la fiesta, pensó en Kanza. Huracán era una descripción perfecta.

Así era como se había comportado en el despacho de Johara.

Lo que deseaba ahora era precipitarse en ese torbellino y dejarse arrastrar por él.

Pero sabía que no iba a ser fácil. Sus prejuicios contra él estaban ya muy arraigados y además Maysoon era aún su hermanastra.

Pero no estaba dispuesto a que nada de eso se interpusiera en su camino. Estaba decidido a exponerse a su seductora destrucción sin importarle las consecuencias.

Aram miró de nuevo hacia la puerta del despacho de Johara con gesto de impaciencia.

Kanza estaba reunida esa mañana con su hermana. Tenía pensado abordarla en cuanto saliera.

Era lo que había estado haciendo todos los días durante las últimas dos semanas. Pero el duendecillo siempre le había dado esquinazo, dejándolo con la miel en los labios.

Esa mañana no estaba dispuesto a dejar que la

mariposa de acero se le escapara. Se había tomado el día libre para poder estar con ella.

La puerta del despacho se abrió de repente y Johara asomó la cabeza.

–Aram, pasa, por favor.

Él se puso de pie inmediatamente, impulsado por la emoción inesperada de ver a Kanza.

–Pensé que estabais en una reunión.

–¿Cuándo te ha impedido eso entrar en mi despacho? –replicó Johara con una sonrisa–. Pasa, necesito contar con la mente privilegiada que mi hermano mayor tiene para los negocios.

–Siempre a tu servicio, cariño –dijo Aram, dándole un beso en la cabeza.

Nada más entrar en el despacho, la mirada de Aram se dirigió a Kanza como un misil guiado por el calor del objetivo.

Observó que había otras dos personas cuando se levantaron para saludarlo. Tenía puestos sus cinco sentidos en aquella pequeña mujer, mitad duende, mitad huracán, que estaba sentada en un extremo del despacho.

Esbozó una sonrisa al ver su mirada de desdén y oír su escueto saludo.

Johara comenzó a explicarle el problema que tenían.

Tras escuchar su exposición y hacerse cargo de la situación, Aram propuso algunas soluciones. Sin embargo, Kanza hizo una serie de objeciones a sus planteamientos. No por malicia, ni por celos profesionales, sino para tratar de mejorar la propuesta.

Aram comprendió que estaba ante una mujer muy inteligente capaz de rivalizar con él en los negocios.

Johara se levantó muy ufana de la mesa cuando, después de casi cinco horas de deliberaciones, consiguieron elaborar finalmente un plan de acción satisfactorio.

–¡Fantástico! ¡No podría haber imaginado una solución más brillante! Debería haber formado un equipo de trabajo con Kanza y contigo hace mucho tiempo, Aram.

Aram se quedó perplejo. No podía creerlo.

¿Cómo no se había dado cuenta antes de que todo había sido otra argucia de su hermana para demostrarle lo compatibles que eran? ¡Nunca aprendería!

Se levantó de la silla con una mueca de contrariedad. Johara había vuelto a violar su pacto de no intervención.

–¿Qué tal si celebramos el éxito? Yo invito –dijo él.

–¡Oh, no sabes cuánto me gustaría! –exclamó Johara con una mirada que parecía la encarnación de la inocencia–, pero tengo un montón de cosas que hacer con Dana y Steve. Id Kanza y tú a celebrarlo.

Se volvió cautelosamente hacia la pequeña mujer fiera, dispuesto a otra batalla, pero Kanza le sorprendió.

–Vamos, pues. Estoy muerta de hambre. Pero invito yo. Estoy en deuda contigo por todo lo que he aprendido hoy a tu lado.

Aram se sintió liberado. Decididamente, era una mujer imprevisible.

Intercambió una última mirada con Johara, que seguía demostrando su grandes dotes dramáticas ocultando astutamente su regocijo, y siguió a Kanza la Inescrutable por el pasillo de la oficina.

Kanza salió del despacho de Johara con una sensación de *déjà vu* abrumándola.

En las últimas dos semanas, él había estado persiguiéndola sin descanso, con el pretexto de que «le conociera mejor». Pero, en vez de sentirse halagada, estaba cada más desconcertada con su insistencia.

No encontraba una explicación lógica de por qué estaba haciendo eso.

La idea de que Aram Nazaryan, el paradigma de la perfección masculina, estuviera interesado en ella era absurda. Otras posibles razones tampoco se sostenían en pie.

Así que, por exclusión, solo quedaba una teoría: Aram debía estar chiflado.

La hipótesis descansaba básicamente en el testimonio de Johara.

Ella le había estado contando cosas de él. Entre ellas, que había sufrido una profunda depresión durante su estancia en Zohayd. Johara opinaba que podía haber sido debida a los excesos que había hecho en su juventud y a la poca atención que había prestado a su salud dedicándose al trabajo de manera compulsiva.

Pero Kanza veía que ese hombre que la acechaba a todas horas como una pantera no se parecía en nada al solitario, taciturno y depresivo que Johara le había descrito.

Lo que hacía que su teoría fuera la única explicación posible.

Ella lo había esquivado hasta ahora porque había creído que trataba de aferrarse a ella para combatir el tedio y no le apetecía que la utilizaran como un antídoto contra el aburrimiento. Pero la idea de que su comportamiento no fuera premeditado o, peor aún, que fuera un grito de socorro, hacía que le resultase cada vez más difícil mostrarse insensible e indiferente con él.

—¿Adónde vas a llevarme? —preguntó Aram al entrar en el garaje.

—Estoy abierta a cualquier sugerencia. ¿Qué te apetece comer?

—Elige tú —replicó él con una sonrisa, dirigiéndose al coche.

—Está bien, creo que ya es hora de parar esto —dijo ella de repente.

—¿Quiere decir eso que retiras tu invitación? —replicó él, ahora más serio.

—Quiero decir que ya está bien de perder el tiempo con tanta cortesía inútil. Ya te he dicho que estoy abierta a tus deseos. Sé que eres todo un caballero.

—No sabes el peso que me quitas de encima —afirmó él, retornando la sonrisa a sus labios—. No te quepa duda de que soy todo un caballero. No tienes más que mirarme.

Ella se sentó en el asiento del acompañante sin mirarlo ni decir nada. Prefirió acomodarse en el lujoso asiento de cuero de su Rolls-Royce y descansar los pies en la alfombra de lana virgen.

Cuando el vehículo se incorporó en la vorágine del tráfico, Aram se volvió hacia ella.

–¿Por qué has decidido de repente dejar de darme esquinazo?

Era una buena pregunta, se dijo ella.

–Siento lástima de ti.

–Has debido ver mis ojos de cachorro lastimero, ¿verdad? –replicó él, riéndose entre dientes.

–Si esa es la imagen que has estado tratando de darme, lo has hecho muy mal. Yo te visto, más bien, acosándome con los ojos de una pantera.

–Tendré que practicar más frente al espejo –replicó él radiante de satisfacción.

–Sería agotador calcular los kilómetros que debes haber recorrido persiguiéndome. He llegado a pensar si no serás uno de esas maniáticos que necesitan terminar todo lo que comienzan.

–Disfrutas a mi lado –dijo él con una sonrisa irónica–. Admítelo. Me encuentras divertido.

Ella lo encontraba… de todo.

–Ese no es el adjetivo que yo usaría para ti.

–Dime cuál emplearías. No me tengas en ascuas.

Kanza se quedó mirándolo fijamente. ¿Sería aconsejable exponerse a decirle con más franqueza lo que ella pensaba de sus atractivos masculinos?

¡Bah! Estaría acostumbrado a que las mujeres le

regalaran los oídos. No haría más que repetir lo que habría oído ya miles de veces.

Él no la presionó para que se lo dijera, porque apenas podía ver la carretera a causa de la lluvia torrencial que estaba cayendo. Por fortuna, parecían haber llegado al destino que él había elegido: el hotel Plaza, donde se alojaba.

Aram se bajó del coche, abrió el paraguas que llevaba siempre en el maletero y la llevó hasta la entrada del lujoso y emblemático hotel. Ella se quedó asombrada ante la suntuosidad del vestíbulo, pero cuando entraron en el restaurante Palm Court tuvo la sensación de estar inmersa en una escena de *El gran Gatsby*.

El hotel emanaba ese glamour que le había hecho famoso en todo el mundo, conservando, sin embargo, el ambiente de una casa rural francesa.

Una vez sentados a la mesa, ella pidió el legendario té Plaza.

—¿Es este tu tren de vida habitual? ¿En este hotel y con ese coche?

—No creo que sea para tanto —respondió él—. Estuve mirando un Bugatti Veyron, pero como no hay carreteras por aquí para ponerlo a cuatrocientos kilómetros por hora, pensé que no estaba justificado pagar por él tres veces más que por el Rolls-Royce… Vamos, chica, no te pongas así, puedo permitírmelo —añadió él con una carcajada al ver su cara de indignación.

—¿Y te parece bien? ¿No tienes nada mejor que hacer con tu dinero?

—Otros prefieren tener una casa.

—¿Qué quieres decir?

—Nunca he tenido una casa. Por eso considero el coche mi único hogar.

—No entiendo… Sería mucho más económico comprar una propiedad que estar pagando un hotel como este. Y además, sería una inversión. Un día aquí debe costar una cantidad indecente de dinero que tiras por el desagüe. Y llevas alojado ya casi un año.

—Puede que tengas razón. Mi suite cuesta veinte de los grandes por noche…

—¡Veinte mil dólares! —exclamó ella boquiabierta y con los ojos como platos.

—De los que no pago un solo centavo —añadió él—. Soy accionista mayoritario del hotel.

Naturalmente. Ella debía haber sabido que un mago de las finanzas como él no tiraría el dinero así como así.

Por fortuna, el camarero llegó con los pedidos. Sintió la mirada de Aram en ella, aunque él fingía poner toda su atención en la forma en que el camarero iban colocando en la mesa las diversas variedades de té, los sándwiches, los bizcochitos, la mermelada, la mantequilla y un amplio surtido de pastas.

Habían devorado dos deliciosos bizcochitos cada uno, disfrutando de la suave música de un piano, cuando él rompió el silencio.

—Este lugar me recuerda al palacio real de Zohayd. Por su esplendor. No sé si es por nostalgia, pero me resulta… reconfortante. Pregúntame algo —dijo él con una sonrisa en los labios.

–¿Cualquier cosa?

–Naturalmente.

Kanza pensó que Johara tenía razón. Él necesitaba a alguien con quien compartir sus sentimientos. Ya no podía hacerlo con su hermana y su cuñado. Y, por increíble que pareciese, la había elegido a ella para desahogarse. Tal vez, por su franqueza y su capacidad de rebatirle las cosas con las que no estaba de acuerdo. Algo que debía ser toda una novedad para él.

Pero sospechaba que había también otra razón muy importante. Que él no parecía considerarla una mujer sino un compañero asexual con el que podía pasar el rato y hacerle confidencias sin preocuparse de las molestias habituales que una mujer le causaría.

No se hacía ilusiones. ¿Cómo un hombre como él podría fijarse en una mujer como ella?

Sin embargo, eso, lejos de mortificarla, avivó su sentimiento de compasión hacia él.

–Háblame de tus desavenencias con Shaheen.

–¿Te contó acaso Johara cómo llegamos a Zohayd?

–¡Oh, no! ¿Piensas contarme la historia de tu vida hasta llegar a ese incidente?

–Sí. Así entenderás mejor los factores que lo desencadenaron y el carácter de las personas que intervinieron en él.

–¿Puedo retirar mi petición?

–No. *Dokhool el hammam mesh zayy toloo´oh.*

«Entrar en un cuarto de baño no es igual que salir de él». Era un dicho de Zohayd que quería decir algo así como que «lo que ya está hecho no se puede deshacer».

Y ella estaba empezando a darse cuenta de lo que eso significaba.

Vivir sabiendo que un hombre como él existía no había sido ningún problema mientras había sido solo un concepto general, no una realidad palpable que podría cruzarse con la suya e incluso adueñarse de ella.

Pero ahora que lo sentía tan cerca, temía que todo pudiera cambiar inexorablemente para ella.

Ya nunca volvería a tener la misma paz de antes.

Capítulo Cinco

Aram sirvió el té a Kanza y comenzó a relatarle la historia de su vida.

–Antes de llegar a Zohayd a los dieciséis años, mi padre solía llevarnos a mi madre, a Johara y a mí a otros lugares exóticos donde fue forjando su reputación como joyero. Íbamos de acá para allá como nómadas. Yo odiaba esa vida, me sentía una especie de paria sin hogar, e ideé un mecanismo de autodefensa. Cada vez que íbamos a un sitio nuevo me hacía la idea de que lo dejaríamos al día siguiente y me aislaba en mí mismo hasta que nos marchábamos.

Ella tomó un sorbo de té para tragar el nudo que tenía en la garganta. Al parecer, el aislamiento de Aram tenía unas raíces más profundas de lo que Johara pensaba.

–Concebí un plan. Cuando cumpliese dieciocho años, me establecería en un lugar, buscaría un trabajo, me casaría con la primera chica que me quisiese y tendría una prole de hijos. Ese proyecto de futuro fue lo que me dio ánimos mientras viajaba por el mundo de un lado para otro.

Aram repartió los sándwiches y continuó su relato.

–Entonces el joyero real de Zohayd se jubiló y recomendó a mi padre al rey Atef para que ocupara su puesto…

–Aram, soy de Zohayd y conozco esas historias. El rey confió a tu padre la custodia de El Orgullo de Zohayd, el tesoro del reino… Por favor, avanza en tu relato y cuéntame algo que no sepa.

–Así fue como me vi en aquel lugar que, según mi padre, era uno de los países más maravillosos de la tierra. Me imaginé que nos quedaríamos allí un año y que luego mi padre nos llevaría a otro sitio, como otras veces. Aún recuerdo la sensación que sentí cuando puse el pie por primera vez en suelo de Zohayd. Ese sentimiento de pertenencia.

Kanza vio que Aram estaba empezando a emocionarse y le estaba contagiando su emoción.

–Y esa sensación se convirtió en euforia cuando tuve la certeza de haber encontrado un hogar al conocer a Shaheen –dijo Aram, dejando escapar un profundo suspiro–. ¿Te contó Johara cómo Shaheen la salvó de una muerte segura aquel día?

Ella negó con la cabeza. Empezaba a sentir un cierto picor en los ojos.

–Johara era un niña de seis años hiperactiva. Había que estar pendiente de ella a todas horas. Aquel día, la perdí de vista un minuto y cuando volví la cabeza la vi colgando del balcón del palacio. Yo estaba algo lejos y mi padre no lograba alcanzarla. Estaba a punto de caerse cuando, en el último segundo, Shaheen la rescató lanzándose sobre ella por el aire como un halcón. Fui corriendo a expresarle mi gratitud. Él se mostró muy afectuoso. Desde ese día, se convirtió en mi mejor amigo. Y años después, en el primer y único amor de Johara. Fue un orgullo contar con la amistad de alguien como Shaheen. Pero, a pesar de que él me consideraba un igual, yo sabía que la gran diferencia social que había entre nosotros sería siempre un obstáculo insalvable. La situación comenzó a enrarecerse conforme Johara fue haciéndose mujer. Empecé a darme cuenta de que sus sentimientos hacia Shaheen no eran los de una amiga sino la de una jovencita enamorada. Solíamos estar los tres juntos. Lo pasábamos muy bien. Sin embargo, tenía la corazonada de que aquel sentimiento de Johara por Shaheen podría llevar la desgracia a mi hermana y a toda mi familia.

»Un día, mi ansiedad llegó al máximo cuando estábamos jugando una partida de squash. Shaheen estaba apabullado de la paliza que le estaba dando. Cuanto más lo animaba Johara, más empeño ponía en ganarle. Luego, mientras nos cambiábamos, descargué sobre él todos mis resentimientos. Le dije que era un príncipe malcriado que disfrutaba manipulando los sentimientos de los demás. Le acusé de enamorar a mi hermana solo por diversión, a sabiendas de que su relación no podía tener ningún futuro. Le exigí que dejara de verla, amenazándole con ir a contárselo todo a su padre el rey Atef, quien le prohibiría, con toda seguridad, volver a acercarse a ella.

»Shaheen se quedó desconcertado. Dijo que Johara era para él la hermana pequeña que nunca había tenido. Yo me burlé diciendo que su afecto iba más allá del de un hermano mayor. Él respondió que Johara era la persona que mejor le comprendía, que era «su chica» y que la amaba de todas las formas posibles, excepto de «esa». Yo le dije que sus palabras no significaban nada para mí, que solo me importaba Johara, que él estaba abusando emocionalmente de ella y que no me quedaría de brazos cruzados esperando a que le hiciera un daño irreparable.

Kanza trató de imaginarse cómo debía haberse sentido en ese momento, debatiéndose entre el afecto que sentía por su mejor amigo y su instinto de protección por su hermana.

—Shaheen se mostró ofendido por mis palabras. Me dijo que podía ahorrarme la molestia ir a contarle nada a su padre, porque él se encargaría de ello. Nunca más volvería a acercarse a Johara. Ni a mí. Y, en efecto, cumplió su promesa. Pero justo cuando pensaba que la pérdida de la amistad de Shaheen era lo peor que podía pasarme, mi madre se llevó a Johara de Zohayd.

»Mi familia empezaba a desmembrarse sin que pudiera hacer nada por evitarlo. Mi padre, desolado, decidió encerrarse en sí mismo. Traté de buscar el apoyo de mi viejo amigo, esperando que él me brindara de nuevo su amistad, pero Shaheen se había marchado también de Zohayd. Todos mis sueños de formar un hogar y una familia se habían desvanecido.

»Pensé que lo mejor sería convencer a mi padre para irnos de allí, pero comprendí que su servicio al rey y al país le tenían atado a aquel lugar. Consciente de que no podía dejar solo a mi padre, me resigné a quedarme en Zohayd y pasar allí el resto de mi vida.

»Parecía una ironía. Tenía en ese momento lo que siempre había deseado: un lugar estable donde vivir. Pero sin raíces ni familia, era más bien una especie de exilio o confinamiento. Luego, seis años después, hice un intento de formar esa familia con la que siempre había soñado… con los tristes resultados que ya conoces.

–Y, al final, te viste obligado a marcharte de allí también.

–Sí. Pasaron muchas cosas después de eso. Demasiadas. Nunca he vuelto a quedarme en un mismo lugar más de unos meses desde entonces. No podría soportarlo. Shaheen y Johara acabaron casándose. Yo tenía razón sobre sus sentimientos. Solo que me adelanté doce años –dijo Aram con un profundo suspiro–. De repente, recuperé a mi amigo, mis padres se reconciliaron y toda la familia volvió de nuevo a Zohayd, donde yo ya no podía permanecer por más tiempo.

Kanza se preguntó por qué habría pasado por alto aquellos años en que, según él, habían pasado «demasiadas cosas».

Parecía claro que Aram se había limitado a contar solo la parte que explicaba su distanciamiento con Shaheen. El resto quedaría para otra ocasión. Si la había.

–Gracias –dijo él con una sonrisa cálida y sincera.

–¿Por qué?

–Por escucharme sin emitir ningún juicio. Creo incluso que sentiste compasión.

–Sí. Todos esos años que estuviste solo fueron una pérdida de tiempo innecesaria. Para todos vosotros.

–Sí, pero ahora ellos están juntos de nuevo.

Pasaron el resto de la tarde en el Palm Court hablando de otras cosas intrascendentes. Cuando dejó de llover, fueron a dar un paseo a Central Park.

Kanza no parecía sentir el paso del tiempo ni el cansancio. Se encontraba tan a gusto a su lado…

La cena transcurrió en medio de una conversación distendida e incluso divertida. En varias ocasiones, sus escandalosas carcajadas suscitaron la envidia de más de una pareja de enamorados e hicieron volver la cabeza a algunos comensales.

Aram la llevó de vuelta a su apartamento y dejó el coche aparcado a dos manzanas para tener la excusa de poder acompañarla hasta la puerta.

Al llegar a la entrada, Aram se volvió hacia ella con un brillo especial en sus ojos azules.

–¿Quedamos mañana a la misma hora?

Kanza sintió un vuelco en el corazón ante la perspectiva de pasar otro día con él.

–Ya hemos estado hoy juntos casi todo el día.

–¿Y? –replicó él, encogiéndose de hombros.

–Tengo que trabajar.

–Tómate el día libre.

–No puedo. Johara…

–Le agradará que te tomes un día libre. Me ha dicho que eres una adicta al trabajo.

–¿En serio? A mí me ha dicho lo mismo de ti.

–¿Lo ves? Los dos necesitamos un cura de reposo contra el estrés.

–Ya hemos tenido hoy una.

–Pero estuvimos trabajando casi toda la mañana. Necesitamos un día completo para dormir, descansar, comer, charlar y hacer lo que nos venga en gana hasta pasada la medianoche.

Kanza creyó estar oyendo una descripción renovada del paraíso.

Entonces recordó algo y su visión del paraíso pareció nublarse.

–Mañana no puedo.

Aram sintió una gran decepción. Pero solo le duró un segundo.

–Pasado mañana, entonces.

Radiante de felicidad, Kanza hizo un esfuerzo para no echarse a reír como una boba.

–Está bien –replicó ella con fingida indiferencia.

–No pareces muy entusiasmada.

–¿Qué quieres? Yo soy así. ¿Lo tomas o lo dejas? –replicó ella con el ceño fruncido.

–¡Lo tomo! ¡Lo tomo! –exclamó él, dando un paso atrás, como para esquivar un golpe–. ¡Santo cielo! ¿Cómo puede ser tan terrible algo tan pequeño?

–Es un mecanismo evolutivo de compensación para contrarrestar la desventaja de mi estatura.

Minutos después, aún estaba riéndose de sí

misma mientras entraba en el apartamento. El hombre que acababa de dejar en la puerta era el más divertido e ingenioso que había visto en su vida.

Se contempló en el espejo del recibidor y vio reflejado en él algo que no había visto nunca... Una fiebre inconfundible en las mejillas y una expresión de ensoñación en la mirada. Aram había sido el que había puesto todo eso ahí.

Resultaba muy agradable su compañía, pero comportaba también un gran peligro.

Y ella había accedido a exponerse a un día completo a ese peligro.

–¿Cómo se encuentra mi pequeño terror en este día tan agradable?

Kanza apretó el móvil entre los dedos y se apoyó contra la pared. Sentía un temblor en las piernas cada vez que oía la voz de Aram.

Después de un mes saliendo juntos, debería estar ya inmunizada. Pero, lejos de eso, parecía estar cada vez más fascinada.

–Muy bien, gracias. ¿Y tú, gigantón?

Aram se echó a reír.

–Mejor que nunca –respondió él, echándose a reír–, ahora que mi pequeño huracán empieza a hacerme caso. Estoy abajo esperándote. Date prisa, tengo algo que enseñarte.

–¡Uf! No juegues a esas cosas conmigo. Dime lo que es. Tengo alergia a las sorpresas.

Kanza se miró en el espejo e hizo una mueca de

desaprobación. Comparada con Aram, encontraba el resultado bastante desalentador.

Salió del apartamento, cerró la puerta de golpe y entró en el ascensor.

–Te daré una pista –dijo él–. Es algo en donde vive la gente.

–¡Te has comprado un apartamento! ¡Oh! ¡Enhorabuena!

–¡Eh! ¡Eh! ¿Me crees capaz de tomar una decisión sin consultarte?

Cuando llegó a abajo y se abrieron las puertas del ascensor, se quedó pasmada al ver a Aram. Estaba más atractivo que nunca.

Ya no tenía ese aspecto demacrado de hacía seis semanas. Se le notaba radiante y alegre. Y allí estaba ella, exponiéndose un día más a correr el riesgo de sufrir sus devastadores efectos. Y sin ninguna protección.

Como de costumbre, sin rozarle siquiera el brazo, él hizo un gesto para que lo siguiera. Y eso fue lo que ella hizo.

Una vez en el coche, él se volvió hacia ella.

–Voy a llevarte a ver unos apartamentos. Tú me dirás cuál crees que puede ser más adecuado para mí.

–¿Qué pasaría si al final no te gustara el que eligiera?

–Eso no pasará nunca –respondió él con una sonrisa–. Por ahora, me va muy bien. Y si no, mírame –dijo él, señalando la ropa que llevaba–. Tú viste esto ayer en una tienda y dijiste que me sentaría bien.

Kanza lo miró fijamente y estuvo tentada de decirle: «Te sentaría bien cualquier cosa que te pusieras».

–Soy un hombre de negocios y tomo mis decisiones sobre la base de lo que considero mejor. Y tú eres la mejor.

–¡Uy, gracias! Pero ¿se puede saber en qué soy la mejor?

–Tu percepción de las cosas no está condicionada por nada. No hay nada que la distorsione. Sabes llegar a la esencia de todo, ver a las personas y las situaciones tal como son. Y no te dejas influir por lo que diga la gente. Todo eso es algo que me demostraste con creces cuando, a pesar de tus prejuicios, confiaste en mi palabra y cambiaste la opinión que tenías de mí. Eres una persona con la mente abierta, razonable y sensata. Por eso, consigues los mejores resultados en todo. Mírame bien…

¡Oh, cielos, otra vez no! Él no sabía el efecto que le causaba tenerlo cerca como para tener que mirarlo más de lo necesario.

–Ya te estoy mirando. Has cambiado mucho. Y para mejor –replicó ella con un suspiro–. ¿Debería mirar algo más?

–Tú has logrado ese milagro. Te hiciste cargo de un hombre hastiado de la vida que se sentía como si tuviera cien años y lo has convertido en un muchacho lleno de ilusión. Y lo hiciste, dejando a un lado tu orgullo, tratando de comprenderme y decirme sinceramente lo que pensabas de mí. Me sacaste del pozo del desánimo en que me hallaba. Sin tu ayuda, me habría hundido en el fondo. Así que, estoy seguro de que el apartamento que tú elijas será el mejor para mí. Eres lo mejor que me ha pasado en la vida.

Kanza sintió que el corazón le latía más y más fuerte con cada una de sus palabras.

Pero una duda la angustiaba. ¿No estaría convirtiéndose en la nueva amiga y hermana que él tanto echaba de menos?

Estaban en Fifth Avenue, frente a uno de los mejores edificios de apartamentos de Manhattan. Tenía el estilo de un palacio renacentista italiano.

Ella se volvió hacia él, con una expresión de entusiasmo en la mirada.

–Yo vivía a una manzana de aquí. ¡Cómo me gustaba aquel apartamento! Era el único lugar en el que me sentía como en casa.

–¿En Zohayd no te sentías así?

–No. Tú sabes bien cómo me sentía allí.

–En realidad, no. Nunca me lo contaste –dijo él mientras entraban en el ascensor–. ¿Cómo es posible que no hayamos hablado nunca de tu vida en Zohayd?

–Supongo que porque teníamos cosas más importantes que discutir.

–Reconozco que ha sido un descuido imperdonable por mi parte. Estoy convencido de que debe ser una historia muy interesante, y no descansaré hasta escucharla.

Ella hizo un gesto despectivo con la mano.

–Te resultaría muy aburrida.

–Me encantará oírtela contar.

La último que ella deseaba era hablarle de su vida llena de decepciones en Zohayd. Pero conociéndolo, sabía que no cejaría hasta que se la contase.

–Si tanto te gustaba aquel apartamento ¿por qué te fuiste a vivir al de ahora?

–Una amiga de Zohayd me pidió que me fuera a vivir allí con ella porque no quería estar sola. Luego se casó y volvió a Zohayd, y ya nunca más volví a pensar en regresar a mi antiguo apartamento. Pero me haría mucha ilusión volver de nuevo. Si aún está disponible, claro.

–Yo me encargaré de que esté disponible.

–¡Oh! ¡Temblad todos! ¡Ha llegado el gran magnate! Chasquea los dedos y todo el mundo se rinde a sus pies.

–Siempre a tu servicio –replicó él con una profunda reverencia.

Los se echaron a reír mientras entraban en un lujoso dúplex . Luego él se quedó mirándola en silencio mientras ella contemplaba extasiada. Era muy espacioso. Tenía una distribución muy funcional, con unas largas galerías, una elegante escalera, unos acabados de gran calidad, amplios ventanales, techos altos y una gran terraza.

–Creo que no hay necesidad de ver más –dijo ella, volviéndose hacia él–. Este apartamento reúne todas las comodidades que puedas desear.

–¡Y ahora, a celebrar la inauguración! Será nuestra primera comida en el apartamento –exclamó él, dejándose caer en un sofá muy elegante y cómodo–. ¿Qué has pensado que tomemos?

–Está bien. Tomaré yo la decisión –dijo ella–. Pediremos sushi. Y espero no tener que asumir también la dirección de tus negocios.

Aram sonrió, sacó el móvil y le preguntó qué tipo de sushi tenía que pedir. Ella, fingiendo un enfado que estaba lejos de sentir, le tiró un cojín a la cabeza.

Tras dar buena cuenta de la comida, él se puso a servir el té sin dejar de mirarla.

–¿Ocurre algo? –preguntó ella.

–Me estaba preguntando si has sido siempre tan interesante.

–¿Desde cuándo te has vuelto tan amable y condescendiente? Antes solías mirarme como si fuera un bicho raro.

Aram se sentó en el sofá a su lado con la taza de té en la mano.

–Eras un bicho raro. Aún te recuerdo pintada de verde y con aquellas lentillas rosas.

Ella no deseaba rememorar aquella época de su vida en que se había sentido tan sola a pesar de estar entre tanta gente. Recordaba que siempre que miraba a Aram, tenía la sensación de que las estrellas del cielo estaban más cerca que él.

Ahora, a pesar de estar juntos en el sofá, seguía viéndolo como algo inalcanzable.

–Una de mis madrastras, la madre de Maysoon, popularizó mi apodo de Kanza el Monstruo. Así que decidí asumir ese papel e interpretarlo lo mejor que pude.

–¿Qué te hizo cambiar? Tu vestimenta y tu estilo no tienen ahora nada que ver con los de entonces.

Ella se encogió de hombros.

–Acabé dándome cuenta de que estaba concediendo demasiada importancia a lo que los demás pensaran de mí. Así que decidí olvidarme de todo y ser yo misma.

–Bien hecho –replicó él con un expresión de orgullo–. Eres perfecta tal como eres.

Kanza se quedó mirándolo. En una película romántica, cuando el protagonista decía unas palabras como esas, era porque de repente había visto a su compañera con una nueva luz, se había dado cuenta de lo hermosa que era y de que la deseaba más que como a una simple amiga.

Decidida a no dejarse llevar por esas frivolidades, se echó hacia atrás en el sofá, pensando que era un buen momento para uno de esos silencios rituales que ellos practicaban de vez en cuando.

Creyó oír, dentro de ella, una especie de cacofonía difusa e incoherente.

Aram la consideraba perfecta.

Pero no para él.

Capítulo Seis

Aram se acomodó también en el sofá para disfrutar de la paz y la tranquilidad que sentía junto a Kanza.

Aquel lugar se había convertido en un hogar desde que ella había dicho que le gustaba.

Había decidido vivir en un apartamento después de tantos años solo porque ella le había dicho que se quedaría para siempre en Nueva York.

Suspiró, tratando de disfrutar cada minuto a su lado.

Kanza era perfecta para él. Llevaba solo seis semanas a su lado y le costaba creer que hubiera podido vivir hasta entonces sin ella.

Parecía que había pasado una eternidad desde que Shaheen le había ofrecido aquel matrimonio de conveniencia. Su amigo no sabía que ella habría firmado antes un contrato de esclavitud que una boda de conveniencia.

Su fascinación por ella iba en aumento cada día.

Era feliz a su lado.

Los dos vivían ajenos al mundo y a sus convenciones. Su relación parecía progresar. Él deseaba que fuera cada vez más profunda. Pero no quería arriesgarse a introducir ninguna nueva variable que pudiera quebrar la magia de aquella situación tan perfecta.

Deseaba derribar cualquier barrera que pudiera existir aún entre ellos.

–Hay algo que no te he contado aún. Algo que nadie sabe. Ocurrió unos meses después de salir de Zohayd. Me relacioné con gente peligrosa en un asunto que resultó ser ilegal y terminé en la cárcel.

Ella se levantó sobresaltada. Pero lo que él vio en su rostro le conmovió y tranquilizó. Era la confirmación de que no cambiaría su opinión sobre él, por muy terrible que fuera lo que le contase. Estaba de su lado. De manera incondicional.

Tuvo que hacer un esfuerzo para no estrecharla en sus brazos como llevaba deseando hacer desde hacía varias semanas.

Pero ella no le había dado ninguna señal que le permitiera pensar que acogería bien esa muestra de afecto. Por eso, no se había atrevido a tocarla hasta entonces.

–Me condenaron a tres años, pero me concedieron la condicional al cumplir el primero.

Aram sintió el efecto balsámico de su mirada.

–¿Por buen comportamiento? –preguntó ella con la voz más dulce que jamás había escuchado.

Él soltó una carcajada.

–Más bien, para librarse de mí. Era un verdadero problema para ellos, mandaba demasiados reclusos a la enfermería. Una vez casi maté a dos. Pasé nueve meses en una celda de aislamiento.

Cuando salí, volví a las andadas y volvieron a aislarme.

–El aislamiento parece haber sido una constante en tu vida.

–Tuve la suerte de encontrar a gente que confió en mí. Me creyeron cuando les dije que no era un delincuente y que solo había cometido un error. Me ayudaron a salir de la cárcel y a... limpiar mi historial delictivo.

–Veo que no he sido la primera en creer en ti.

Aram sintió deseos de agarrarle las manos, enterrar los labios y la cara en ellas, y luego estrecharla en sus brazos y entregarse a su ternura y generosidad.

–Has sido la primera y la única que ha confiado en mí, basándote solo en mi palabra. Me creíste aquella noche sin ninguna prueba que lo respaldase. Y has vuelto a creerme ahora cuando te he dicho que no había cometido ningún delito de forma intencionada, a pesar de no tener ninguna evidencia de ello.

–Siempre me has dicho la verdad. Si hubieras sido culpable, me lo habrías confesado. Porque sabes que no acepto la mentira y porque, fuera lo que fuese, no cambiaría en nada la opinión que tengo de ti.

–Tu confianza en mí es un privilegio y una responsabilidad que me llena de orgullo.

–A pesar de lo grande que eres y de la fuerza que debes tener, nunca se me ocurrió pensar que pudieras llegar a ser una persona violenta.

–¿Eso te molesta?

Ella soltó una carcajada.

–Todo lo contrario. Me habría encantado verte dándole su merecido a esos matones.

Aram tuvo que contenerse nuevamente para no estrujarla en sus brazos.

–¡Y pensar que algo tan diminuto pueda ser tan sanguinario!

–Aún te queda mucho por aprender, gran hombre –replicó ella con una sonrisa pícara–. De todos modos, no creo que disfrutases haciéndolo. En ese momento, la violencia era lo único que podías utilizar para mantener a raya a esos criminales. Lo que siento es que no tengas ningún video para disfrutar viéndote machacándolos.

–No te imagino con la bolsa de palomitas, vociferando frente a la pantalla de la televisión y pidiendo más sangre. Pero podría hacer uso de mis influencias en la prisión y conseguir las cintas que grabaron las cámaras de vigilancia.

Ella saltó del sofá sobre sus rodillas con la agilidad y la destreza de un gato.

–¡Sí, sí, por favor!

–¡Uy! Ya estoy empezando a arrepentirme de la idea. No sé si soportarías las imágenes. No se trata de una lucha escenificada como esas que ves en la televisión.

Kanza se sentó sobre las piernas como si estuviera meditando y lo miró muy seria.

–Razón de más para verlo. Ha sido la prueba más dura y humillante por la que has tenido que pasar en la vida, y te ha dejado una cicatriz muy profunda. Necesito ver esas imágenes del pasado para poder compartir contigo aquella experiencia y comprenderte aún mejor.

—Si de verdad lo deseas, dalo por hecho —replicó él, embargado de gratitud hacia ella.

—¡Oh, sí! Claro que lo deseo. Deberías haberme confiado este secreto mucho antes. ¿Por qué no lo hiciste?

—Me sentía… avergonzado. Deseaba demostrar a Shaheen y a sus hermanos que no necesitaba su ayuda, que podía valerme por mí mismo. Sin pretenderlo, me vi envuelto en algo… turbio. Y pagué las consecuencias.

Ella inclinó la cabeza hacia un lado, como si quisiera mirarlo desde otra perspectiva.

—Me imagino cómo debiste sentirte cuando te detuvieron y te condenaron. Aquel año en la cárcel. El sufrimiento y las amargas experiencias que viviste allí fueron la causa de tu aislamiento posterior. No quisiste compartir esas experiencias con tus seres queridos para no hacerles sufrir. Pero, con esa decisión, te encerraste en ti mismo, agravando tu soledad.

—¿Lo ves? Tú lo sabes todo.

—Todo no. Aún soy incapaz de comprender algunas cosas. Parecías muy fuerte y seguro de ti mismo después de salir de la cárcel. ¿Era eso solo, *halawet el roh*?

Literalmente, «dulzura del alma». Una expresión de Zohayd para describir un estado de vitalidad engañoso, un deseo de aferrarse a la vida para hacer frente a un deterioro inevitable o incluso a la muerte.

–Sí. Esa podría ser una buena explicación. Salí de la cárcel con el convencimiento y el deseo de cerrar aquel paréntesis de mi vida, enderezar mi camino y recuperar el tiempo perdido.

–Johara me dijo que estabas en una gran forma física cuando asististe a su boda en Zohayd hace tres años. De sus comentarios, deduje que tu deterioro debió empezar hace un par de años. ¿Ocurrió algún suceso que fuera el detonante? ¿Comenzó a agravarse tu sensación de soledad a raíz de la boda de Shaheen con tu hermana?

–Eres increíble. Me conoces mejor que yo mismo.

–Johara me dijo que te distanciaste algo de ellos a raíz de su matrimonio.

–Es probable que tenga razón. Pero no creo que fuera culpa mía. El amor entre Shaheen y mi hermana es tan grande que llena toda su vida. Difícilmente puede haber cabida en ella para otras personas. Y menos ahora con Gharam y el bebé que está de camino.

–¿Hubo entonces algo más?

–Nada en concreto. Empecé a dormir mal y a perder el apetito. Todo se me hacía muy difícil, tardaba más en hacer las cosas y las hacía peor. Cada vez que tenía un simple dolor de cabeza o un resfriado, tardaba meses en recuperarme. Me sentía sin vitalidad, sin energías, como si todo mi ser se estuviera desintegrando.

–Pero ahora estás otra vez en plena forma.

–Nunca he estado mejor. Gracias a ti.

–¡Vaya! Ya estás otra vez adjudicándome milagros.

–Tú eres un milagro. Mi diminuto milagro. Pequeña, pero inconmensurable.

Aram se levantó del sofá y fue a por las chaquetas.

Se sentía más joven y vivo que nunca.

–Salgamos a pasear bajo la lluvia. Luego subiremos a mi jet privado y desayunaremos en el lugar que más te guste: Europa, Sudamérica, Australia... donde quieras.

Ella se puso la chaqueta y salió con él del apartamento.

–¿Qué me dices de la luna?

–Si es allí donde prefieres desayunar, trataré de satisfacerte.

Kanza esbozó una de esas sonrisas que él tanto adoraba.

–No me extrañaría que fueras capaz. Pero no.... Me conformo con algo más cerca. Tú eres ahora un hombre muy importante que puede permitirte muchas cosas, pero yo tengo que ir a trabajar por la mañana.

Él consultó su reloj.

–Si salimos para las Barbados en una hora, te dejaré mañana en el trabajo a las diez.

Kanza lo miró un instante con cara de incredulidad, pero luego se sintió entusiasmada con la idea.

–Acepto.

–No sabes cómo me alegra oír tu voz, papá.

Kanza amaba a su padre, a pesar de sus defectos. Y lo echaba de menos.

–Yo también me alegro de oírte, *ya bnayti*.

Él prefería llamarla así, «hija mía», sin usar su nombre. Hacía lo mismo con sus otras ocho hijas. Era como si no las distinguiera o hubiera olvidado sus nombres.

Sabía bien que su padre nunca la telefoneaba a menos que tuviera algo que pedirle.

–¿Puedo hacer algo por ti, papá?

–*Ya Ullah*, sí. Solo tú puedes ayudarme ahora, *ya bnayti*. Necesito que vuelvas a Zohayd en seguida.

Diez minutos después, Kanza se sentó en el sofá a reflexionar.

Había intentado decirle que no, pero al final había aceptado.

Regresaría a Zohayd. Esa misma noche.

Su padre le había rogado que tomara el primer vuelo y no le había explicado si alguien de la familia se había muerto o estaba gravemente enfermo como para tener que ir con tanta urgencia.

Reservó un vuelo por Internet y luego preparó el equipaje con lo imprescindible. No pensaba quedarse más tiempo del estrictamente necesario.

Pero no porque hubiera ninguna razón especial que la hiciera regresar de inmediato.

Habían pasado seis semanas desde aquel momento mágico en el apartamento recién estrenado de Aram y del desayuno en las Barbados. Aram había vuelto a retomar su trabajo con mayor dedicación aún que antes, después de aquellos días de descanso.

Él la había acostumbrado mal. Le había creado la adicción de verlo todos los días o de hablar con ella por teléfono a cualquier hora, o de presentarse en su apartamento sin previo aviso.

Pero todo eso había cambiado últimamente de forma radical.

¡Cielo santo! ¿Se estaría convirtiendo en una de esas mujeres cargantes y pejigueras?

Unos días en Zohayd podrían venirle bien. Tal vez, cuando regresase, él ya se habría puesto al día con el trabajo que había dejado atrasado y tuviera más tiempo para estar con ella.

Marcó su número de teléfono, llena de impaciencia.

—Kanza, un momento por favor…

La voz de Aram sonó algo difusa. Debía estar hablando con alguien en ese momento.

Se sintió culpable por interrumpirle. Él le había dicho que no estaría libre hasta las siete.

—Solo quería decirte que vuelvo a casa dentro de un par de horas.

—Eso es fantástico. ¡Ya era hora!

Esa no era la respuesta que ella había esperado.

—¿Lo dices en serio?

—Claro que sí. Escucha, Kanza. Lo siento, pero tengo que terminar unas cosas antes de que la Bolsa saudí abra la sesión. Hasta luego.

Ella se quedó desconcertada mirando el teléfono cuando Aram colgó.

El día anterior, él le había dicho que iría a verla esa noche. Ella acababa de decirle que no podrían verse porque salía de viaje y él, en vez de mostrarse contrariado, parecía haberse alegrado.

Ni siquiera le había preguntado cuánto tiempo

iba a quedarse en Zohayd. Sin duda, estaría ocupado con algo muy importante, pero podía haber dicho cualquier otra cosa en vez de que le parecía fantástico y que Ya era hora. Podía haberle dicho que la llamaría luego para que le contara más detalles.

¿Era posible que se alegrara de poder librarse de ella?

Tal vez se había servido de ella para ayudarle a superar la peor crisis de su vida y ahora que la había superado y ya no la necesitaba…

Eso tenía sentido. Un sentido terrible. Ella había asumido que ese día llegaría, pero no tan pronto. No estaba preparada para renunciar a él todavía.

Pero ¿cuando podría estarlo? ¿Cómo podía renunciar a él… cuando lo amaba?

Dejó escapar un profundo sollozo. Y luego otro y otro hasta que un torrente de lágrimas le corrió por las mejillas, incapaz de contener su angustia.

Ella lo amaba.

Tal vez su viaje a Zohayd fuera ahora una bendición.

Una extraña bendición.

Tal vez debería quedarse allí hasta que él se olvidase por completo de ella.

Cuando Aram terminó su trabajo esa noche, tomó impaciente el teléfono para llamar a Kanza. Pero antes de que pudiera marcar el número, Shaheen entró en el despacho.

Aram hizo un gesto de contrariedad, pues sabía lo que sus visitas solían prolongarse.

–*Ya Ullah*, llevas mucho tiempo sin ir a verme –dijo su cuñado.

–Es cierto. Pero ya sabes cómo son estas cosas.

Shaheen se echó a reír.

–*Menn la´ah ahbaboh nessi ashaboh.*

«Quien encuentra a su amada olvida a sus amigos».

Aram prefirió no responder.

–Me gustaría mucho satisfacer tu curiosidad, Shaheen, pero tengo que ir a ver a Kanza ahora. Ya hablaremos en otra ocasión.

–¿Vas a ir a Zohayd? –preguntó Shaheen con cara de sorpresa.

–¿Por qué tendría que yo ir a Zohayd?

–Porque me acabas de decir que vas a ir a ver a Kanza y ella va de camino a Zohayd en estos momentos.

Aram miró el reloj, echó un vistazo por la ventanilla del avión y luego miró el reloj de nuevo.

¿Había tardado siempre tanto en llegar a Zohayd?

Le parecía llevar volando todo el día a pesar de que hacía solo una hora de su conversación con Shaheen.

Aún no podía creerlo. Sin duda, había malinterpretado sus palabras cuando Kanza le había dicho que iba a volver a casa había querido decir en realidad a Zohayd.

Johara le había dicho que su padre se lo había pedido con urgencia.

Pero ¿por qué se había marchado sin despedirse de él?

Y ¿por qué no le había dicho claramente adónde iba? Si lo hubiera sabido, habría salido corriendo del trabajo en su busca aunque hubiera perdido varios millones por dejar colgada una operación bursátil.

¿Acaso ya no significaba nada para ella? ¿Era eso una ruptura?

No podía admitir esa posibilidad. Kanza se había convertido en algo vital para él. Era su vida, su hogar...

Pero ¿y si él no significaba nada para ella? ¿Y si, cuando se encontrase con Kanza en Zohayd, ella pensase que estaba medio loco yendo hasta allí solo para verla?

Tal vez él no estaba en su sano juicio. Tal vez sus sentimientos no tenía ninguna base. Tal vez...

Oyó el sonido del teléfono móvil. Lo buscó con impaciencia en el bolsillo, deseando que fuera Kanza.

Pero sintió una profunda decepción al ver que era Johara.

–¿Qué pasa ahora, Johara? –exclamó él sin poder ocultar su contrariedad.

Se produjo un breve silencio.

–¡Uf! No mates al mensajero, ¿de acuerdo?

–Jo, no estoy para bromas, ni para tener una conversación civilizada en estos momentos. Por favor, déjame en paz.

–Lo siento, Aram, pero creo que debes saber una cosa. Y debes estar preparado para oírla... Acabo de hablar por teléfono con el padre de Kanza. Me ha dicho que el príncipe Kareem Aal Kahlawi le ha pedido su mano.

Kanza entró como una furia en la casa de su padre y cerró de golpe la puerta de su antiguo dormitorio.

Apoyó la espalda en el marco y dejó escapar un grito de rabia.

¿Cómo podía haberle hecho su padre una cosa así?

¡Egoísta, insensible, cruel...!

¡Y pensar que la había hecho ir allí para eso! Se merecía que...

De pronto se paró a escuchar. Pero solo oyó los latidos acelerados de su corazón.

Sin embargo, había oído una voz...

–Kanza.

Sí. Era él. Aram.

Estaba empezando a volverse loca, a oír cosas. Aquello era patético. Él estaba a once mil kilómetros de distancia.

–Kanza. Sé que estás ahí.

Sí, seguía oyendo aquella voz. Definitivamente, estaba peor de lo que creía.

–Te vi saliendo del salón y subiendo las escaleras. Conozco tu habitación y sé que estás ahí. Asómate a la ventana, Kanza. Ahora.

Ese último «ahora» la catapultó materialmente

hacia las puertas. Salió corriendo a la terraza hasta detenerse en la barandilla.

Allí, de pie, entre los arbustos, estaba Aram. Esplendoroso.

–¿Qué estás haciendo aquí? –preguntó él, gruñendo como un león herido.

Kanza sintió que la cabeza le daba vueltas al ver a aquel hombre tan maravilloso bajo el sol poniente de Zohayd y ante lo absurdo de su pregunta.

Parpadeó, como si estuviera reiniciando la máquina de su cerebro.

–Eso digo yo. ¿Qué estás haciendo tú aquí en Zohayd al pie de mi ventana?

Aram se puso con los brazos en jarras. Parecía enfadado. ¿Por qué?

–¿Tú qué crees? Estoy aquí para verte.

Ella se sintió desconcertada. ¿Había hecho todo aquel viaje solo para averiguar por qué ella había ido allí cuando casi la había despreciado por teléfono? ¿Por qué no la había telefoneado simplemente?

–Bien, ya me has visto. Ahora vete antes de que toda mi familia llegue y te encuentre aquí. Con los gritos que has dado, seguro que deben estar ya de camino.

–Si no quieres que me vean, baja aquí.

–No puedo. Si bajo y salgo por la puerta, tendré a veinte mujeres encima de mí… y no quiero que se me abra la úlcera que me ha salido en estas últimas horas.

–Baja entonces por la terraza.

93

–Sé que estás medio loco, Aram, pero no creo que eso te impida ver que estoy a más de seis de metros de altura.

–¿Seis? No creo que haya más de cuatro y medio. No te preocupes. Yo te agarraré.

Ella se quedó con la boca abierta y puso también los brazos en jarras, como él.

–Si quieres imitar la hazaña de Shaheen con Johara, tengo que recordarte que ella tenía solo seis años.

–Tampoco tú eres ahora mucho más grande que ella.

–Gracias. Eso es justo lo que necesitaba oír para darme ánimos.

–Me refería a la relación entre tu tamaño y el mío. Es comparable al que tenía Shaheen con catorce años y Johara con seis… Pero basta ya de discusiones. Puedo agarrarte fácilmente. Sabes que estoy en forma.

–Está bien, bajaré. Pero solo porque sé que serías capaz de hacer cualquier barbaridad por subir hasta aquí y luego tu antigua legión de admiradoras tendría que venir a recoger tus huesos.

–Estaré eternamente en deuda contigo –replicó él con una leve sonrisa–. Pero ahora date prisa.

Ella murmuró en voz baja algo acerca de lo engreído que era y de lo que le gustaba salirse siempre con la suya. Luego respiró hondo y se aupó en la barandilla.

Aram se puso a animarla conforme iba bajando lentamente, apoyando los pies en los salientes de la fachada.

–Lo estás haciendo muy bien. No mires hacia abajo. Estoy aquí por si acaso.

–¡Por Dios santo, Aram! ¡Calla de una vez! Me estás poniendo nerviosa. No sé cómo has podido convencerme.

–Mantén el cuerpo firme. Muy bien. Ya estás casi abajo. No te preocupes, yo te agarraré, *ya kanzi.*

«Tesoro mío».

Ella se desplomó al oírlo.

Pero, en su caída, de casi un metro, encontró los brazos fuertes y seguros de Aram.

Ella se quedó mirando aquellos ojos vivos y luminosos que llenaban ahora su existencia.

Sin una palabra más, él la llevó a través de los jardines hasta la salida de la propiedad.

Estaba medio mareada. Pero no por la caída, sino por su primer contacto con él. Era la primera vez que la tocaba. Sentía el calor de su carne y su fuerza y virilidad envolviéndola. Acunándola.

Él estaba allí. ¡Qué más daba todo lo demás!

Solo deseaba seguir en sus brazos.

¡Que la llevase adonde quisiera!

Aram no dejaba de pensar en Kanza mientras caminaba un paso por detrás de ella.

La había sacado en brazos de la finca de su padre y la había llevado hasta el coche. Ninguno de los dos había dicho nada durante el trayecto. Cuando se habían bajado del vehículo, él se había preguntado qué podía haber hecho mal con ella.

Kanza giró la cabeza para comprobar si él seguía detrás guardando la misma distancia.

Se detuvo luego al llegar a la verja de la casa.

–No me digas que compraste esta villa en la media hora que estuviste en Zohayd antes de aparecer bajo mi ventana.

–¿Crees que no estoy lo bastante loco como para hacerlo?

–Creo que serías capaz de comprar el mar y el desierto en veinte kilómetros a la redonda.

Su respuesta le arrancó una sonrisa. Comenzó a sentirse más relajado.

–En realidad, es de Shaheen. Y ahora dime qué diablos estás haciendo aquí y por qué te fuiste sin avisarme.

–Te llamé para decírtelo.

–¿Cómo iba a saber que te referías a Zohayd cuando dijiste que ibas a volver a casa?

–¿Qué otro sitio podía ser si no?

–Tu antiguo apartamento de Nueva York, en el que decías que te sentías como en casa. Al final, lo alquilé con la esperanza de que te trasladaras allí. ¿Creías realmente que me alegraría de que vinieras aquí y me dejaras solo en Nueva York? En contra de lo que puedas creer, no soy un hombre tan moderno ni evolucionado. Podría soportar que estuvieras unos días lejos de mí, si ese fuera tu deseo, pero, desde luego, no me pondría a dar saltos de alegría.

Ella sonrió abiertamente y sus ojos recobraron de nuevo la alegría.

–Gracias por informarme de tu grado de evolución, pero ahora deja de gruñirme. Tengo un dolor de cabeza espantoso y además tengo entre manos no una boda sino dos.

Aram sintió como si le hubiera alcanzado un misil.

No. No podía ser. No podía permitirlo. Haría cualquier cosa por...

–¿De qué demonios estás hablando? –exclamó él desconcertado.

–De las bodas de las dos únicas hermanas que están aún solteras. Cada una es de una madre diferente y, tal como son las cosas aquí en Zohayd, donde las bodas parecen campos de batalla, la situación ha llegado a un punto muerto entre las familias de los novios y las suyas. No va a ser nada fácil que consigan llegar a un acuerdo sobre las estipulaciones de las bodas. Mi padre opina que yo soy la única que puede apaciguar la situación.

–¿Por qué tú?

–Porque soy lo que él llama la «zona neutral». Pese a ser la hija de una mujer que después de traerme al mundo se marchó llevándose una buena parte de la riqueza de mi padre, soy la única que nunca le ha dado problemas. Además, al estar en medio de mis ocho hermanastras, cuatro de una madre y cuatro de otra, nadie ha tenido celos de mí y, por tanto, tampoco han tenido ninguna disputa conmigo. Siempre estuve llamada a ser el juez de paz. Ahora mi padre me ha reclutado para que esas histéricas dejen de molestarlo y se casen de una santa vez.

Pero ¿y ese novio que había pedido su mano? Ese... príncipe. ¿Por qué no le hablaba de él?

Aram sentía esas preguntas como puñales en el pecho.

—¿Y yo, Kanza?

Ella alzó la vista para mirarlo a los ojos. Su menuda silueta se recortaba sobre el telón de fondo de la puesta de sol invernal cuyas últimas luces le arrancaban reflejos dorados a su piel y llamas de sorprendente belleza a las profundidades de sus ojos de ónice. Su pelo largo y espeso de caoba satinada flotaba al compás de la brisa. Ella era la encarnación de todos sus gustos, deseos y aspiraciones.

Pero él no podía permitirse el lujo de ser prudente y discreto por más tiempo. Aquel príncipe era una bomba de relojería que alguien había puesto entre ellos y que podía explotar en cualquier momento si él no ponía remedio.

—Kanza, tú eres la única persona que siempre me ha dicho la verdad. Necesito que me la digas también ahora. ¿Significo algo en tu vida? Soy muy feliz a tu lado. Nuestra amistad es una armonía perfecta. Estaba dispuesto a esperar lo que hiciera falta. Pero ahora siento que no puedo esperar eternamente. Creo que puede haber algo más que una simple amistad entre nosotros. ¿Por qué no lo intentamos y nos damos una oportunidad?

Ella se quedó callada sin saber qué decir.

—¿Es que acaso no te gusto como soy? ¿Me dijiste aquella primera noche en el despacho de Johara que te parecía asquerosamente guapo? ¿Tienes acaso un ideal masculino en el que yo no encaje?

Kanza tenía ahora los labios y las mejillas de un color rosa arrebatado.

–No sé, no estoy muy segura –dijo ella con voz temblorosa.

Él alargó la mano hacia ella, le acarició el pelo y la miró a los ojos.

–Hay una manera de asegurarse.

Se inclinó hacia ella y la besó en la boca.

Al primer contacto de sus labios, él sintió como si hubiera saltado una chispa de mil voltios entre ellos y se hubiera desatado un tsunami en su interior.

Espoleado por la inmediatez y la pasión de su respuesta, le apresó el labio inferior con su boca y lo mordisqueó delicadamente.

Ella soltó un gemido, se arqueó contra él y separó los labios.

Él se embriagó de su sabor. Su dulzor superaba todo lo imaginable. Igual que el perfume de su aliento y la sensualidad de su tacto. Era un torbellino de sensaciones. Un poderoso afrodisíaco y alucinógeno que fluía por sus venas, distribuyéndose por todo su organismo y poniendo a prueba su cordura.

Cuando ella se apretó contra su cuerpo, Aram vio disipadas todas su dudas sobre su deseo hacia él. Sus jadeos y gemidos le invitaban a cambiar los besos por otras caricias más íntimas.

La agarró de los muslos, le separó las piernas y se apretó contra ella sobre la verja, loco de deseo. Luego metió la lengua dentro de su boca. Sintió su calidez y suavidad. Creyó perder el sentido.

Su amor por aquella mujer tan singular que temblaba en sus brazos era más poderoso incluso que su deseo de vivir. Ella era más que su vida.

—¿Lo deseas, Kanza? ¿Me deseas?

Aram creyó abrasarse en el fuego de aquellos ojos oscuros. Había algo en ellos que nunca había soñado ver: sensualidad y entrega. Luego se tiñeron de una lánguida aquiescencia.

Pero él no se conformó con eso. Deseaba más. Deseaba un consentimiento más explícito.

—Deseo tomar todo lo que tienes, devorar todo lo que eres y darte todo lo que tengo y lo que soy. ¿Comprendes? ¿Deseas eso tú también? ¿Todo y ahora?

El corazón le flaqueaba, temeroso de latir, mientras esperaba el veredicto. Casi estalló cuando ella abrió los labios, inflamados por los besos, y pronunció su lacónica respuesta.

—Sí.

Capítulo Siete

Kanza oyó su «sí» susurrante como desde el fondo de un sueño. Aquello no podía ser realidad.

¿Cómo podía estar en los brazos de Aram? ¿Cómo podía ser que estuviera devorándola y pidiéndola aún más? Todo.

La única razón por la que ella creía que aquello debía ser real era porque ningún sueño podía ser tan intenso, tan increíble. Y porque ninguna de las veces que había soñado con él había sentido nada semejante.

En sus fantasías más eróticas, Aram había sido su amigo condescendiente y amable, no el hombre apasionado y casi salvaje de hacía unos instantes.

Y lo prefería así. Por eso, le había dicho que sí. Él había despertado algo nuevo en ella. Ahora sabía lo que era el deseo. Esa insensata avalancha de sensaciones, esa necesidad de ser conquistada, dominada, poseída. Por él, solo por él.

Casi desmayada por esa fuerza misteriosa, sintió el deseo de dejarse llevar y rendirse a su virilidad. Él estaba sobre ella. Su cuerpo se recortaba sobre el horizonte teñido con la paleta de colores del sol del atardecer, acentuando más su belleza y corpulencia. Creyó ver en sus ojos una expresión de impaciencia, apenas controlada. Sin duda, le estaba dando una última oportunidad de retractarse antes de lanzarse sobre ella para devorarla.

Y ella se moriría si no lo hiciera.

La única forma de que fue capaz de confirmar su deseo fue fundiéndose de nuevo en sus brazos y arqueando el cuerpo para expresarle su entrega más absoluta.

Pensó que la tomaría en brazos y la llevaría dentro para hacerla suya, pero sintió un estremecimiento cuando comenzó a soltarle la blusa. ¡Iba a hacerle el amor allí mismo!

Sintió uno de sus brazos estrechándola contra su cuerpo mientras le desabrochaba el sujetador por detrás con el otro brazo. La sensación de alivio al sentir sus pechos liberados de esa presión hizo que le flaquearan las piernas.

Sin dejar de mirarla con ojos de deseo, Aram le quitó la chaqueta, la blusa y el sujetador. Soltó un gemido al ver sus pechos desnudos. Antes de que ella pudiera decir nada, le desabrochó los pantalones. Se quedó boquiabierta cuando él se arrodilló frente a ella y le acarició la cintura y las caderas con sus manos de fuego. Luego le metió los dedos por dentro de las bragas y se las quitó con los pantalones y los zapatos, a la vez.

De repente, sus manos cambiaron de trayectoria, inflamando su carne y dejándola sin aliento, hasta detenerse a solo unos centímetros del centro mismo de su feminidad.

Ella se estremeció. Se abrasaba por dentro.

Él alzó la cabeza y la miró con unos ojos que parecían piedras preciosas incendiarias.

–*Ma koll hada'l jamaal? Kaif konti tekhfeeh?*

La voz entrecortada de Aram, preguntándole en árabe cómo podía haber estado ocultando toda esa belleza, la hizo retorcerse de placer.

–Aram, por favor…

–*Aih,* te complaceré, *ya kanzi.*

Con la cara entre sus muslos, sus labios se abrieron paso entre los pliegues carnosos de su sexo, chupándolos, mordisqueándolos como un hombre hambriento que no supiese por dónde empezar su festín. Ella, loca de placer, le enredó los dedos en su pelo sedoso, apretándole la cara contra su carne, incapaz de soportar el estímulo de sus caricias. Deseando más.

Él tomó sus pechos entre sus manos temblorosas, presionándolos, acunándolos, amasándolos y acariciándolos como si fueran la cosa más maravillosa que hubiera visto nunca.

–Por favor, Aram… –repitió ella en un susurro.

Él cerró los ojos como si estuviera sufriendo y enterró la cara entre sus pechos, llenándose de ella. Luego abrió la boca y los saboreó acaloradamente con los labios, la lengua y los dientes.

–*Sehr, jonoon, ehsasek, reehtek, taamek…*

«Magia, locura, tu tacto, tu aroma, tu sabor…».

Kanza sentía su cuerpo derritiéndose con sus caricias. Tenían la fuerza justa para extraer el máximo placer de cada una de sus terminaciones nerviosas. Se sentía abrasada por un fuego implacable. Algo dentro de ella se estaba consumiendo.

Sus movimientos sinuosos contra él se tornaron más febriles, su carne trémula buscaba desesperadamente el alivio y la liberación de aquel martirio. Sus ruegos se convirtieron en una letanía hasta que él deslizó una mano entre sus muslos recorriendo lentamente el camino que le conducía hasta la concavidad de su sexo. Con la yema del pulgar comenzó a frotarle los labios mayores mientras con la boca atenazaba uno de sus pezones anheloso de sus caricias.

Soportando su peso con un brazo alrededor de sus caderas, Aram deslizó dos dedos entre los labios menores, deteniéndose en la entrada.

–Nunca pensé verte alguna vez así, abierta para mí, ardiente de deseo. Como tampoco pensé que sería capaz de hacerte gozar...

Aram le separó las piernas y las colocó sobre sus hombros, dejando su sexo abierto y preparado para su placer y posesión.

Ella dejó escapar unos gemidos que no se sabría decir si eran de placer o sufrimiento.

Él se embriagó de nuevo en su aroma, soltando un gruñido parecido al de un león embravecido por el olor de su hembra en celo. Luego comenzó a frotarle el punto más sensible hasta despertarle toda una ráfaga de sensaciones. Ella se puso a jadear y suplicar. Su plegaria se convirtió en un grito desaforado cuando él le introdujo un dedo y comenzó a deslizarlo lentamente dentro de ella.

El sol se ocultaba en el horizonte mientras ella se convulsionaba, presa de oleadas de placer.

Su visión se vio desbordada de nuevo por una

imagen erótica. Aram, completamente vestido, de rodillas entre sus piernas. Ella, desnuda, abierta sobre sus hombros, en medio de un planeta desierto, sin más pobladores que ellos.

Estaba consiguiendo llevarla al clímax solo tocándola.

En medio de los espasmos, sintió su dedo, moviéndose aún dentro de ella, excitándola... Su jadeo pareció retumbarle en los pulmones cuando él le pasó la lengua ligeramente por encima del dedo y comenzó a lamerle el clítoris. Cada una de sus caricias le despertaban llamas de fuego dentro. Entre jadeos y gemidos, apretó su sexo cálido y húmedo contra su boca, abriéndose por completo a su doble acometida. Sintió entonces sus labios cerrándose con fruición sobre su clítoris, viéndose sacudida al instante por una ráfaga de convulsiones aún más violentas y agitadas que antes.

Quedó exhausta, saciada tras el clímax.

Sus ojos buscaron los de él e incluso en la penumbra del ocaso, pudo ver sus ojos azules brillando de deseo y satisfacción.

–Espero que hayas disfrutado con esto, porque ya me hecho adicto a tocarte y acariciarte.

Ella sintió una sensación extraña. Su satisfacción había durado solo un minuto y ahora su deseo era aún mayor. Era como si hubiera un vacío acuciante en su interior que exigiese ser llenado. Por él. Siempre por él.

–Nunca imaginé poder recibir tanto placer. Espero que no pierdas nunca esa adicción, pero deseo gozar contigo y que tú goces conmigo.

–No temas. Saciaré tu deseo hasta que no me puedas pedir más.

Kanza sintió una excitación inusitada ante la promesa que esas palabras encerraban. El corazón empezó a latirle desbocado cuando él la levantó en brazos y la llevó dentro.

Entraron en una enorme suite, decorada con suelos de mármol, alfombras persas y techos elevados. Ella sintió un intenso rubor ante la idea de estar en la suite principal de Johara y Shaheen.

Había un cama redonda gigantesca cubierta con una colcha de satén color chocolate bajo una claraboya abovedada a través de la cual se filtraban las últimas luces del atardecer. Varias lámparas de aceite iluminaban la estancia, confiriendo al lugar un aspecto dorado lleno de misterio e intimidad.

Trató de que él se colocara encima de ella cuando se tumbaron en la cama, pero Aram la besó varias veces en la cara, se apartó unos centímetros y la miró fijamente.

–¿Te das cuenta de lo hermosa que eres? ¿Quieres ver lo excitado que estoy?

–Sí, por favor –replicó ella algo avergonzada, con un nudo en la garganta.

Aram comenzó a desnudarse. Ella se quedó extasiada admirando la belleza escultural de su cuerpo atlético y varonil. Sus manos ardían de deseo de tocarlo y deleitarse con el tacto de su piel y de su carne. Tenía el cuerpo de un ser superior, de un dios.

Cuando se despojó de los boxer, dejando al descubierto la prueba última de su poderosa masculinidad, ella sintió un deseo tan ardiente que estuvo a punto de colapsarla.

Había sentido ya su evidente virilidad cuando la tuvo contra la verja. Pero lo que estaba viendo ahora con los ojos superaba todo lo imaginable.

Todos los músculos se le pusieron en tensión cuando él se tumbó de nuevo en la cama junto a ella.

–Se acabaron las esperas, *ya kanzi*.

–Sí –replicó ella, dejando escapar un grito al sentir la dureza de su erección en el pubis y abriendo las piernas para él.

Aram las colocó alrededor de su cintura, sin dejar de mirarla a los ojos, mientras su erección tanteaba sensualmente su entrada. La notó caliente y húmeda. Preparada para él. Con el primer empuje, se abrió paso dentro de ella suavemente. Parecía hecha a su medida.

El siguiente fue algo más profundo, arrancándole un gemido de dolor.

El mundo pareció detonar con un destello carmesí y luego se desvaneció.

En la oscuridad, ella oyó un lamento ahogado como llegando desde el final de un túnel. Luego, más relajada, se abandonó bajo él en una profunda conmoción sensual.

Toda su existencia parecía condensarse en aquella exquisita agonía. Vio el mundo resurgiendo de nuevo en ella con toda una avalancha de sensaciones que nunca había sentido.

Vio los ojos desorbitados de Aram en la penumbra. Parecía como petrificado.

–Es tu primera vez, ¿verdad?

–¿Te has dado cuenta?

–Claro. ¿Cómo no? Eres una fuente de sorpresas –dijo él, comenzando a retirarse.

Ella sintió como si fuera a implosionar por dentro a causa del vacío que él estaba dejando atrás.

–No, no te vayas, sigue…

–No voy a ir a ninguna parte. Solo pensaba ir un poco más despacio, en atención a tu condición. Solo pararé cuando tú me lo pidas.

–Me moriría si parases.

–No podría. Eso acabaría también conmigo.

No pudiendo soportar por más tiempo aquel vacío dentro de ella, empujó las caderas hacia arriba llevada por un arrebato instintivo.

Sintió un vuelco en el corazón como sacudida por un terremoto. Las lágrimas que había estado reprimiendo largo rato brotaron como un torrente de sus ojos.

Se aferró a él, aplastándose contra su cuerpo de acero.

–Y*a Ullah, ya* Aram. Tómame, no dejes nada de mí, acaba conmigo. No te contengas, haz lo que quieras de mí para satisfacer tu deseo.

–*Aih, ya kanzi*, gozaremos juntos…

Él la agarró de las caderas con las dos manos, entrando dentro de ella hasta lo más profundo de su ser.

Kanza se sintió abrumadoramente llena de él.

Él se retiró un instante y ella soltó un grito de lamento ante aquella pérdida insoportable, instándole a hundirse de nuevo dentro de ella. Él se resistió a sus súplicas desenfrenadas unos segundos y luego volvió a penetrarla otra vez. Ella gritó de deseo, abriéndose aún más para él.

Aram clavó los ojos en ella, calibrando sus reacciones, ajustando sus movimientos a cada uno de sus jadeos y gemidos. La mantuvo en aquel punto álgido, acariciándole todo el cuerpo, lamiéndole los pechos, besándola en los labios, inundándola de placer...

Le metió luego la lengua dentro de la boca y aceleró el ritmo de sus empujes hasta que ella sintió un conato de tormenta dentro, amenazando con hacerle añicos si estallaba.

–Eres perfecta, *ya kanzi,* por dentro y por fuera –susurró él entre gemidos.

Ella se retorció contra su cuerpo tratando de lograr el contacto más íntimo con él, buscando alcanzar algo desconocido e inaprensible.

–Por favor, Aram, por favor, dámelo ahora, todo, todo...

Y él la complació. Con unos empujes frenéticos y poderosos se vació dentro de ella, liberando toda su tensión y colmándola de placer.

Ella sintió una convulsión tan fuerte que le hizo elevar las caderas, quedando los dos, por un instante, como flotando en el aire, hasta que cayeron exhaustos de nuevo sobre la cama.

Las convulsiones fueron remitiendo gradualmente, escindiéndose con ellas el placer que había sido incapaz de soportar al principio, pero que ahora lamentaba que tuviera que terminar.

Permanecieron un buen rato con los cuerpos

fundidos, sin separarse, mientras sus respiraciones recuperaban la normalidad. Luego, temblorosa y sollozante, su cuerpo comenzó a cobrar vida y a resurgir de lo que había quedado de ella.

Él hizo entonces ademán de separarse, pero ella, presa del pánico, se aferró a él. Él la besó en los ojos y trató de calmarla con dulces palabras mientras se giraba sobre sí para invertir las posiciones, teniendo cuidado de seguir dentro de ella.

Kanza quedó tendida encima de él, fusionada con él, sintiendo una dicha que nunca habría imaginado y una sensación de perfecta paz por primera vez en su vida.

–¿Qué ha pasado? –preguntó ella.

–No tengo ni idea. Supongo que hicimos el amor, ¿no? –respondió él con una sonrisa.

–Sí, es lo que estaba pensando.

–Entonces tendrás que compartir esos pensamientos conmigo.

Él se separó entonces de ella lentamente para que se diera cuenta de que seguía manteniendo la erección. Kanza dejó escapar un gemido de disgusto y él la tranquilizó besándole los pezones.

–Puede que creas que estás preparada para hacerlo otra vez, pero créeme, no lo estás –dijo él, apoyándose sobre un codo, y luego añadió, mirándola con ternura–. Si hubiera sabido que esto iba a ser así, me habría lanzado sobre ti hace mucho.

Ella le acarició el pecho con las manos y volvió a enroscar las piernas alrededor de su cintura. Se sentía desinhibida, sin complejos, casi descarada por primera vez en su vida.

–Deberías haberlo hecho.

Aram sintió que su deseo y erección crecían por momentos.

–Te haré pagar por todas las veces que me miraste como si fuera el hermano que nunca tuviste.

Kanza se arqueó, abriéndose un poco más a su erección.

–Sí, hazlo, por favor.

–Compórtate. Debes sentirte aún algo dolorida. Espera una hora o dos y ya verás lo que es bueno.

–Házmelas pagar ahora. Me encanta la forma en que me haces sentir dolorida.

–¡Vaya! ¿Quién podía pensar que bajo esa apariencia se escondía una diosa del sexo? Casi consigues matarme de placer.

–¿Qué tal si continuamos con este juego letal un poco más?

Aram la estrechó entre sus brazos y comenzó a frotarle el sexo con su miembro plenamente erecto.

Ella, llevada por un deseo indescriptible, se abrió para él, deseosa de proporcionarle todo el placer imaginable.

Al sentir los temblores de su inminente orgasmo, se puso a cabalgar de forma desenfrenada. Sus súplicas se convirtieron en gritos cuando el placer le sacudió el cuerpo.

Él comenzó a retorcerse bajo el vigor y el ritmo desenfrenado de aquellos movimientos que provocaban la última chispa de placer que su cuerpo necesita para descargar su tensión.

Luego, de rodillas entre sus piernas abiertas,

prosiguió unos segundos más hasta alcanzar el orgasmo.

Ella nunca había tenido una experiencia tan reconfortante como ver la cara de gozo de Aram y aquel cuerpo glorioso que ella acababa de poseer y disfrutar. La visión de su rostro en los albores del orgasmo había sido...

—Me pongo malo pensando en todas las veces que me he mostrado frío y distante sin darme cuenta de que tenía todo esto reservado para mí.

—Siento que hayas perdido el tiempo por haber estado tan ciego.

—No ha sido ninguna pérdida de tiempo. Sólo estaba bromeando. He disfrutado mucho también de tu amistad los primeros días. No cambiaría por nada un segundo de esos momentos que hemos pasado juntos, *ya kanzi*. Créeme.

—Te creo. Siempre te he creído. Y siento exactamente lo mismo que tú.

Ella se despertó con la mejor vista del mundo: Aram desnudo frente a la ventana, mirando por una rendija de las persianas.

Por la débil luz que se filtraba, supuso que debía estar de nuevo a punto de anochecer. Él la había despertado dos veces, una por la noche y otra por el día, demostrándole en ambas ocasiones que no había límites al placer que podían compartir.

Aram, como si sintiera su mirada, giró la cabeza. Ella vio su sonrisa y le pareció estar viendo el mejor amanecer que jamás había presenciado.

Se incorporó en la cama mientras él le llevaba una bandeja.

Aram se sentó junto a ella para darle de comer, mimándola como a una niña. Ella, abrumada por su ternura, se ruborizó y hundió la cara en su pecho.

Él se echó a reír.

—No entiendo cómo puedes ser tan tímida después de la forma tan apasionada y desinhibida con que te has comportado conmigo en la cama.

—Supongo que se trata de un efecto de transfiguración propio de una primeriza.

—Para mí también ha sido una novedad —replicó el, y luego añadió al ver su cara de extrañeza—: Yo tampoco sabía hasta ahora lo que significaba sentir una pasión así por una mujer. La experiencia que hemos vivido juntos ha sido tan nueva y para ti como para mí.

Ella sonrió, embriagada de satisfacción, y se acunó aún más en su pecho.

—Te tomo la palabra.

Él sonrió y le alzó la barbilla con un dedo.

—Ahora quiero tomártela yo a ti. Espero que no hagas lo que hicieron tus hermanas.

—¿A qué te refieres?

—A andarte con subterfugios y ñoñerías para posponer nuestra boda.

Capítulo Ocho

–¿De qué boda estás hablando?

Aram sonrió y le acarició uno de los pechos, que parecían hechos a su medida.

–De la nuestra.

–Para un momento –replicó ella, frunciendo el ceño.

–¿Ocurre algo?

–No quiero que por haber seducido a una virgen, manteniendo con ella relaciones sexuales sin protección y haberla dejado posiblemente embarazada, te sientas en la obligación de casarte.

–Si de verdad estás embarazada, me gustaría mucho ser padre…

–Esa no es ninguna razón.

–Y ser también el mejor amigo, amante y marido de su madre mientras viva. Y aun después, si hay un más allá.

–Eso estaría bien si de verdad hubiera un niño, pero las posibilidades son muy remotas, créeme. Así que no tienes que preocuparte por eso.

–¿Acaso te parezco un hombre preocupado? –dijo él, estrechándola en sus brazos.

–Lo que me pareces es un hombre demasiado alto para mí.

Aram se apretó contra su cuerpo, haciéndole sentir su erección.

–Lo que soy es un hombre que está loco por ti. Es una lástima que no haya ninguna posibilidad de que puedas haberte quedado embarazada. Deseo realmente tener varios hijos contigo.

–¿A qué vienen, así tan de repente, esas prisas por ser padre?

–No lo sé. Tal vez sea mi reloj biológico. Al llegar a los cuarenta, un hombre se replantea muchas cosas en la vida, ¿sabes?

–Estás en una forma física envidiable. Vas a vivir más de cien años, así que no has llegado aún ni a la mitad de tu vida. Relájate.

–No quiero relajarme. Llevo muchos años relajado. Ahora que he descubierto lo que es sentir una pasión ardiente, no deseo más que abrasarme en ella. Te amo, *ya kanzi*. Te adoro. *Ana aashagek.*

–¿Lo dices en serio? –exclamó ella con cara de incredulidad.

–¿Cómo puedes dudar de mí?

–No es de ti de quien dudo.

–¿Dudas acaso de ti misma? No sabes lo…

–¿Lo maravillosa que soy? No, en realidad no. Especialmente, cuando estoy a tu lado. Ni en mis mejores sueños pude imaginar que sintieras todas esas cosas por mí. Por eso me mantuve siempre en un plano de estricta amistad. Nunca te vi mirarme como a una mujer. Anoche me dijiste incluso que te parecía «un marimacho asexuado».

–Temía que pensaras eso, pero nunca te he visto así –dijo él pasándole una mano por los glúteos firmes y duros, para demostrarle la pasión que le despertaba.

—Puede que haya dado esa impresión, pero te aseguro que me siento muy mujer cuando estoy contigo. No sabes los pensamientos que he tenido…

—Cuenta, cuenta…

Ella frotó los pechos contra él hasta hacerle sentir la tersura de sus pezones en el vello de su torso desnudo.

—Unos pensamientos realmente eróticos y liciosos. Al menos, yo pensaba que lo eran.

—Pues los ocultaste muy bien. ¡Maldita sea!

—No podía arriesgarme a ponerme en evidencia contigo y que pensases que era solo otra mujer más que te encontraba irresistible. Tenía miedo de arruinar nuestra amistad para luego no ser capaz de darte todo lo que necesitabas.

—¿Cuándo empezaste a sentir eso por mí?

—Cuando tenía diecisiete años.

—¡Pero si me odiabas con toda tu alma!

—Lo que odiaba era que, a pesar de todas tus cualidades, parecías estar solo interesado por cualquier mujer hermosa que se cruzara en tu camino, aunque no tuviera nada que ofrecerte. Además, te veía tan altivo y arrogante que me hacías sentir muy poca cosa a tu lado.

—Sueña ahora conmigo, te lo ruego. Sueña con toda una vida a mi lado. Ámame como yo a ti, *ya kanzi*.

—Siento por ti algo mucho más que amor, Aram. *Ana aashagak kaman*.

116

Aram se sintió embriagado de placer. Ella sentía lo mismo que él. Algo incluso más fuerte que la adoración, más desinteresado que el amor, más ardiente que la pasión. Todo.

La tendió en la cama y la miró a los ojos mientras ella se acurrucaba en sus brazos.

–Te he estado esperando desde que tenía dieciocho años. Me has hecho esperar demasiado tiempo por haber nacido después que yo.

Las lágrimas de Kanza se mezclaron con una sonrisa de felicidad.

–Soy toda tuya. Puedes tomarte ahora la revancha de tu espera.

–Lo haré. Ya lo creo que lo haré.

Cuando Kanza regresó a casa de su padre, se sintió una mujer totalmente distinta de la que había salido de allí hacía veinticuatro horas.

Estaba tan radiante de felicidad que se sintió con el valor necesario para responder a las preguntas, por no decir al interrogatorio, de su familia. Había pasado tres años en Nueva York, viviendo independiente, pero una vez en suelo de Zohayd, debía comportarse como una chica soltera que podía hacer lo que quisiera durante las horas respetables, siempre que pasase la noche bajo el techo paterno.

Para acallar sus recelos, les habló de la proposición de matrimonio de Aram.

La noticia dejó a todos boquiabiertos. Les pareció inaudito que ella, la solterona de la familia, hubiera conseguido no una, sino dos ventajosas proposiciones en el corto espacio de dos días. Una de un príncipe, que ella había osado rechazar en el acto; y la otra de Aram, un hombre mucho más importante y rico que cualquier príncipe.

Al menos, Maysoon estaba fuera de Zohayd, disfrutando de una de sus escapadas habituales, ajena a las preocupaciones y problemas de la familia. Así se ahorraría más de un desencuentro con ella.

Aram se había mostrado muy impaciente y había pedido que la boda se celebrase antes de tres días. Estaba dispuesto a correr con todos los gastos, a diferencia de los novios de sus hermanas, que acordaron repartirlos entre las dos familias. La boda se celebraría por todo lo alto en el palacio real de Zohayd.

Mientras la familia de Kanza seguía sin dar crédito a la idea de que ella pudiera tener una boda tan majestuosa como la de una princesa de la casa real, Aram discutía con su padre las condiciones de su *mahr*. La dote que debía pagar al padre de Kanza.

Como *shabkah*, regalo de novia, pensaba poner el negocio a su nombre.

Ella le había dado muestras de su amor de todas las formas imaginables y él deseaba honrarla delante de todos demostrando que estaba dispuesto a hacer cualquier cosa por tener el privilegio de conseguir su mano.

Ella le diría más tarde que su *mahr* era su corazón y su *shabkah* su cuerpo.

Aquellos tres días se le hicieron a Kanza una eternidad.

Por fortuna, todo iba a acabar en unas horas.

–¡Esto es una maldición! –exclamó Maram, la reina de Zohayd y cuñada de Johara, ordenando a sus damas de honor que devolvieran los ramos de flores de la ceremonia nupcial de Kanza.

La florista había enviado rosas blancas y amarillas y no de color crema y oro pálido, como Aram había pedido, para que hicieran juego con los vestidos.

–Tenemos ya prácticamente todo preparado para la boda real –replicó Johara.

Todas las mujeres de las casas reales de Zohayd, Azmahar e incluso Judar, habían ido a ayudar a la novia.

–No hay que preocuparse tanto. Esto es solo una boda casi real –dijo Kanza con una sonrisa.

–Estamos aquí para ayudarte, Kanza –dijo Talia Aal Shalaan, otra cuñada de Johara–. Es algo que forma parte del protocolo cuando se trata de la boda de una amiga o una pariente de uno de los miembros de la familia real. Y Aram y tú sois como de la familia para nosotros. Pero ha sido todo tan precipitado….

–Aram no podía esperar –dijo Johara, guiñando un ojo a su madre y luego a Kanza.

–Otro hombre autoritario, ¿no? –replicó Talia, devolviéndole la sonrisa–. Hará buenas migas con nuestros hombres de la Hermandad de la Arrogancia.

–Aram se merece un castigo por su impaciencia –dijo Maram.

–¡Oh! Yo lo castigaré –replicó Kanza muy sonriente, sonrojándose luego al ver la expresión perpleja de Jacqueline Nazaryan, su futura suegra.

La refinada dama francesa apreciaba a Kanza, pero aún necesitaría tiempo para acostumbrarse a su carácter tan espontáneo.

–Y si se parece en algo a mi Amjad, le vendrá bien –afirmó Maram–. Te ganarás mi aplauso si consigues domarlo. Nunca vi a Amjad tan enfadado con un hombre como con Aram. Debe ser realmente intratable.

–¡Oh! Aram no es nada de eso, de momento –replicó Kanza sin perder la sonrisa–. Por lo que me contó de su enfrentamiento con Amjad cuando vivía aquí, creo que deben de ser muy parecidos.

Maram se echó a reír.

–¿En serio? Me gustaría verlo. No me puedo creer que exista otro hombre semejante a mi marido. De ser así, tendríamos que ponerlo en un museo.

Mientras las mujeres se partían de risa, Carmen Aal Masood entró en la sala. Carmen era una experta en coordinación de eventos. Aram le había pedido su colaboración a cambio de contribuir de forma anónima y generosa en varias de sus obras benéficas. Era también la esposa de Faroq, el mayor de los hermanos Aal Masood, que había renunciado al trono de Judar para poder casarse con ella. Los Aal Masoods eran también parientes de Kanza por parte de su madre Aal Ajmaan.

Todos estaban emparentados allí de una u otra forma.

–¿Estás lista para ponerte el vestido, Kanza? –dijo Carmen, que había llevado el traje de novia envuelto en una funda.

–Sí. Estoy deseando que esto empiece y termine cuanto antes.

–Al menos, tú estás deseosa de que empiece tu boda –dijo Lujayn, otra de las cuñadas de Johara y esposa de Jalal, hermanastro de Shaheen–. Casi todas las que estamos aquí tuvimos un comienzo muy duro. Veíamos nuestra boda como si fuera el fin del mundo.

Farah, la esposa de Shehab Aal Masood, el segundo príncipe de Judar en la línea sucesoria, levantó la mano.

–Yo pasé mi fin del mundo antes de la boda. Así que me cuento entre la minoría que disfrutó durante ella.

–Kanza, no te veo muy feliz –dijo Aliyah, la esposa del rey Kamal Aal Masood de Judar, la mujer que fue vestida toda de negro a su boda y que luego dejó sorprendido a todo el país desafiando a su novio a un duelo con espada–. Pareces tomarte esto con la misma indiferencia que si fueras una invitada. Peor aún, con la impaciencia de uno de esos empleados del catering que están deseando que esto termine cuanto antes para irse corriendo a casa.

Kanza sonrió y se dirigió con el traje de novia hacia una especie de biombo.

–Solo deseo casarme con el hombre que amo. No me importa nada lo demás.

Se desnudó y se puso el vestido de boda, sintiendo el aliento de sus hermanastras, más interesadas en los detalles de su boda que ella misma.

Con un suspiro de resignación, salió de detrás del biombo vestida de novia.

Sus hermanas y madrastras se quedaron boquiabiertas. Ella también se había quedado sorprendida cuando se había visto el día anterior con ese vestido en la primera y única prueba. En realidad, más que un vestido era casi un milagro. Otro milagro que Aram había hecho realidad.

Las damas se reunieron a su alrededor para arreglarle el peinado, colocarle el velo y adornarla con algunas de las joyas que constituían el Orgullo de Zohayd, que el rey Amjad y la reina Maram le habían prestado para la boda.

Luego se retiraron y ella pudo darse un respiro.

Se miró en el espejo sorprendida. ¿Quién era esa mujer que tenía enfrente?

Los tonos crema y oro del vestido le daban un aspecto más vívido y brillante. Y aquella increíble amalgama de gasa, encaje y tul hacía como si el vestido estuviera esculpido sobre ella. La parte de arriba, en forma de corpiño con un escote profundo, le realzaba los pechos a la vez que le hacía la cintura más estrecha y la figura más esbelta. La falda plisada, con pliegues entrecruzados, llegaba hasta al suelo con un vuelo suave, remarcando la exuberancia de sus caderas. Estaba bordado con gran primor, con un brocado de perlas, lentejuelas y piedras preciosas. Lejos de parecer recargado, era una auténtica obra de arte por la sutileza de sus colores y la belleza de su diseño.

Aram le había prometido contarle cómo había conseguido que se lo tuvieran hecho en solo dos días, si se «portaba bien, pero muy bien», con él.

Ella estaba dispuesta a llegar al superlativo.

Se había aplicado un maquillaje muy suave y se había recogido el pelo en un moño muy elegante. Llevaba el velo sujeto con una corona del legendario tesoro real, a juego con el resto de las otras joyas: una gargantilla, unos pendientes, un brazalete y un anillo. Todas eran piezas únicas de un valor incalculable.

Apenas habían llegado los nuevos ramos de flores, cuando la música que acompañaba las ceremonias nupciales desde tiempos inmemoriales comenzó a sonar por todo el palacio.

Kanza salió casi corriendo de la suite, escoltada por su cortejo real. Johara tuvo que pedirle que fuera más despacio si no quería hacerse un esguince con los tacones que llevaba.

Cuatro sirvientes vestidos de oro y crema abrieron las puertas tirando de los pomos en forma de aros. Por encima de la música, llegaba el murmullo de los cerca de mil invitados que habían ido a presentar sus respetos a Aram.

El vestíbulo tenía forma octogonal. Desde él, se accedía a las distintas estancias del palacio. Tenía un techo de treinta metros de alto y una cúpula de mármol. Las paredes estaban cubiertas con sofisticados diseños geométricos y caligráficos. Cada uno de los ocho arcos que partían de la base estaba coronado por un segundo arco a media altura. Una tercera arcada enmarcaba la galería superior.

Ese día, además, todo el conjunto parecía sacado de un cuento de *Las mil y una noches*. De sus muros, colgaban largas hileras de incensarios y antorchas que inundaban el ambiente de un perfume exótico y misterioso. Todos estaban profusamente decorados con ramilletes de rosas oro y crema. Los pilares estaban forrados de satén dorado con adornos de plata. El suelo de mármol, cubierto de polvo de oro, tenía un brillo deslumbrante.

Había varias docenas de mesas ricamente decoradas, alrededor de las cuales se disponían los invitados, lujosamente ataviados. Todos ellos eran personajes ricos y famosos.

De repente, el lugar se sumió en la oscuridad y se produjo un profundo silencio.

Luego se escuchó un leve murmullo.

Estaba sucediendo algo no previsto en el protocolo. Se suponía que Aram debería estar esperándola en la puerta, pero no era así.

Se quedó inmóvil, conteniendo la respiración. Miró hacia atrás y vio que estaba sola. Su comitiva nupcial se había retirado. Eso solo podía significar que Aram le había preparado una sorpresa y que todos los demás lo sabían.

–*Elli shoftoh, gabl ma tshoofak ainayah.*
Kanza sintió un vuelco en el corazón.

Era la voz de Aram, recitando esos versos que le resultaban tan familiares: «Todo lo que vi, antes de que mis ojos te vieran. Toda una vida desperdiciada. ¿Cómo puede llamarse a eso siquiera vida?».

De repente, una luz irrumpió en la oscuridad. Tardó unos segundos en acomodar la vista.

Entonces lo vio…

Era él. Aram, surgiendo desde el fondo de aquel enorme salón. Entre el humo del incienso y los tonos dorados de la decoración, parecía un caballero de novela romántica.

Volvió a oírse la música de nuevo, interpretada por una orquesta que había en una gran plataforma detrás de él.

Reconoció la obertura. *Enta Omri. Eres toda mi vida.* Una de las canciones de amor más apasionadas de su tierra. Por eso, ese par de versos la habían conmovido tanto.

Él repitió los versos, pero no recitándolos, sino cantándolos.

Aram estaba cantando para ella.

Ella sabía que él cantaba muy bien. Tenía una voz muy bella. Habían cantado juntos varias veces mientras cocinaban o iban en el coche.

Era evidente que Aram conocía aquel país y sus costumbres mucho mejor que ella, pese a no haber nacido en Zohayd. Tal vez, hasta lo amase más.

Aram se acercó a través de la gigantesca alfombra dorada. Su voz espléndida y bien timbrada llenó el aire con su canto.

Kanza sintió que estaba llorando por dentro al oír esos versos: «¡Qué estéril fue mi vida antes de conocerte! En mi corazón no había una sola alegría, solo amarguras».

Sí, Aram estaba cantando lo que había sido su vida.

Y estaba cantando solo para ella.

Kanza se sintió abrumada de emoción.

«Solo ahora he empezado a amar la vida. Solo ahora he empezado a temer su paso apresurado».

Por si fuera poco, él estaba más atractivo que nunca. Tenía un aspecto noble y cautivador e iba vestido con una magnificencia acorde con su porte majestuoso y su fascinante personalidad.

Llevaba un traje que hacía juego con el suyo. Desde la capa bordada en crema y oro que le resaltaba los hombros, hasta la camisa dorada de mangas anchas, recogida con una faja de satén color crema, y los pantalones ajustados sobre las botas de cuero beis claro.

Cuando Aram llegó a su altura, ella tuvo que respirar hondo un par de veces antes de ser capaz de mirarlo a los ojos.

Él le puso las manos en sus brazos desnudos y luego le acarició las mejillas con mucha ternura, transmitiéndole la pureza de sus emociones y la fuerza de su amor.

–Ya hayat galbi, ya aghla men hayati.
»Laih ma abelneesh hawaak ya habibi badri?
»Enti omri, elli ebtada b´noorek sabaho.

Kanza sintió un escalofrío en lo más profundo de su ser.

«Vida de mi corazón, más preciosa que mi vida. ¿Por qué no te encontré antes, amor mío? Tú eres toda mi vida. Una vida que solo con tu luz vio el amanecer».

Contuvo las lágrimas que pugnaban por brotarle de los ojos mientras la música interpretaba los acordes finales de la canción. Pero ya no pudo escuchar nada. Se lanzó directamente en sus brazos y lo besó repetidamente en la cara, temblando y sollozando.

—Aram… Aram… Esto es demasiado. Todo en ti es demasiado.

Se acurrucó contra su pecho y rompió a llorar hasta quedar casi exhausta.

Él la abrazó y la besó en las mejillas mientras recitaba una vez más aquellos versos.

Kanza pensó que debía haber estallado un tormenta muy cerca del palacio, al oír un fuerte rugido del fondo del salón. Pero cuando agotó su llanto y alzó la cara vio que los truenos eran, en realidad, los aplausos de los invitados, y los relámpagos los flashes de las cámaras fotográficas y los equipos de vídeo.

Miró a su compañero del alma y esbozó una sonrisa de felicidad.

—Esto debería colgarse en YouTube y Twitter.

—Esto no ha sido nada comparado con lo que vas a ver ahora —replicó el, guiñándole un ojo.

Antes de que ella pudiera decir una palabra, él se dio la vuelta e hizo una señal.

Como por arte de magia, cientos de bailarines con trajes típicos de Zohayd comenzaron a aparecer por todos los lados del salón. Los hombres con túnicas blancas y negras, y las mujeres con largos vestidos bordados y el pelo hasta la cintura. Algunos se deslizaban con arneses invisibles desde lo alto de la galería. Tambores y otros exóticos instrumentos de percusión marcaban el ritmo de aquella danza trepidante y llena de vida.

Él la agarró por la cintura.

—¿Recuerdas la danza que aprendimos en aquel bar de las Barbados? —ella asintió con la cabeza, casi sin darse cuenta de lo que estaba pasando—. Entonces, vamos a bailar, *ya kanzi* —dijo él, llevándola al centro del salón.

A pesar del ritmo frenético de la danza, la música tenía una melodía que permitía bailarla de una forma más romántica e íntima.

Pronto todas los invitados se pusieron a bailar alrededor de ellos, tanto en parejas como en corros.

Mientras Kanza bailaba abrazada a Aram, entre besos y sonrisas, se preguntaba cómo él podía hacerle cambiar de idea tan fácilmente. Hacía solo unos minutos, estaba deseando que aquello acabase cuanto antes, y ahora daría cualquier cosa para que no terminase nunca.

Capítulo Nueve

Aram acompañó a Kanza, llevándola de la cintura, mientras ella devolvía las joyas del Orgullo de Zohayd a la guardia real que custodiaba la sala del tesoro.

Necesitaba tocarla constantemente para seguir creyendo que todo aquello era real. Que ella era su esposa. Que estaban en casa.

¡En casa!

Le sonaba raro cuando pensaba que estaban en Zohayd. Nunca había imaginado volver allí.

Kanza le había hecho recobrar tantas cosas…

—Nunca dejas de sorprenderme —dijo ella, abrazándose a él.

—Espero que eso me haga interesante a tus ojos —replicó él, besándola en la boca.

—Si lo fueras más, creo que me moriría —dijo ella, apretándose contra su cuerpo—. Gracias, *ya habibi*. Gracias por la canción y por todas las cosas con que me has obsequiado esta noche.

—Quería organizarte una boda que recordases toda la vida.

—Me habría bastado tu presencia para recordarla. ¿Te he dicho últimamente lo enamorada que estoy de ti?

Aram sintió un deseo incontenible. No podía esperar más. Necesitaba hacer el amor con ella. Allí mismo.

Le desabrochó el vestido con manos temblorosas.

–La última vez fue hace diez minutos. Demasiado tiempo. Dímelo otra vez. O mejor, demuéstramelo. Hace ya tres días que no me lo demuestras.

–Pensé que nunca me lo pedirías –replicó ella, comenzando a arrancarle la ropa.

Aram se quitó el traje en el que habían trabajado diez modistas día y noche. Deseaba perderse en ella, poseer su corazón, su cuerpo y su alma.

La apretó contra la puerta y la besó en la boca. Deseaba volcarse sobre ella, penetrarla, derramarse dentro de ella.

Le levantó los muslos alrededor de sus caderas. El contacto de su sexo cálido y húmedo estimuló aún más su erección. Le clavó los dedos en las nalgas, apartándole las bragas, mientras ella apretaba sus pechos, con los pezones tersos y duros, en su torso desnudo.

–Aram… lléname.

Él no se hizo de rogar. Entró dentro de ella, la penetró, la invadió. Ella lanzó un grito, retorciéndose de placer.

Aram apoyó la frente contra la suya, completamente inmerso en ella, sintiéndose amado, aceptado y transportado. Ella arqueó el cuerpo para darse a él por entero y tomarlo también todo de él. Ciegos de amor y deseo, iniciaron una danza feroz cuyo ritmo parecían seguir fielmente al mismo compás. No tardaron en llegar al pórtico del éxtasis. Los gemidos de ambos se mezclaron mientras él derramaba su esencia dentro de ella. Las convulsiones de Kanza se dispararon al sentir el calor de su semilla líquida dentro del vientre. Sus corazones latían fuera de control mientras la devastadora oleada de placer seguía y seguía, y el paroxismo del clímax final parecía destruir todo su mundo alrededor.

–¡Esto es lo que yo llamo una verdadera inauguración! –exclamó ella–. ¡Y en la misma entrada de casa! ¿Para qué romper una botella de champán en el umbral de la puerta cuando puedes hacer añicos a la novia solo de placer?

Orgulloso y agradecido de poder satisfacerla tan plenamente, tomó en brazos a su saciada novia y se dirigió por los pasillos aún desconocidos de su nuevo hogar.

Al llegar a la suite nupcial, la dejó tendida suavemente en la cama. Era una cama con dosel de tres metros de altura, una colcha que tenía el color de su carne y unas sábanas del color de su pelo. Ella se acurrucó junto a él y ambos se abrazaron en una fusión perfecta de almas y cuerpos.

–Una de las ventajas de que seas tan menuda es que puedo envolverte con mi cuerpo y abarcarte toda.

–¡Qué sensación más agradable es estar de nuevo en casa! –exclamó Johara.

Kanza alzó la vista del ordenador y sonrió a su amiga y ahora cuñada.

131

Habían pasado ya dos meses desde el día de la boda.

—Sí, tengo que reconocer que Zohayd se ha convertido también en mi hogar. Gracias a Aram.

—Sabíamos que acabaríais juntos —añadió Johara, sentándose en el sofá, a su lado.

—Entonces sabíais más que yo —replicó Kanza con una sonrisa.

—Shaheen y yo sabíamos que haríais una pareja perfecta. Solo necesitabais un empujoncito.

—¿En serio? —exclamó Kanza, borrando la sonrisa de su cara—. ¿Y cuándo fue eso?

—La noche que te mandé a buscar aquel documento.

—Aquel documento inexistente, ¿verdad? —exclamó Kanza con los ojos entornados.

—Sí. Lo hice solo con la intención de que os encontraseis en mi despacho.

—Por eso le mandaste también a él a buscarlo… Nos preparasteis una encerrona.

—Solo quería que os conocierais mejor.

—¿Lo sabía Aram? —preguntó Kanza con creciente malestar.

—Estoy segura de que lo adivinó cuando te vio en mi despacho buscando lo mismo que él.

—Pudo pensar que nos lo pediste a los dos para estar más segura de encontrar el documento. No tenía ningún motivo para pensar que se tratase de una encerrona.

—Claro que lo tenía. Shaheen ya le había hablado de ti un par de semanas antes.

—¿Que le había hablado de mí? ¿Para qué?

–¿Para qué crees tú? Para que se casase contigo, naturalmente. Fue todo idea mía –dijo Johara con una sonrisa de triunfo–. Y debo admitir que la cosa resultó aún mejor de lo que esperaba.

Así que su encuentro no había sido una coincidencia…

–¿A cuento de qué podía interesarle a Aram esa idea? Él no estaba buscando esposa.

Johara miró a Kanza como si le estuviera preguntando alguna cosa rara.

–Le hicimos ver las ventajas que resultarían de vuestro matrimonio. Os tendríais el uno al otro; él volvería a Zohayd y obtendría, gracias a ti, la ciudadanía del país; yo volvería a recobrar a mi hermano, mis padres a su hijo y Shaheen a su mejor amigo.

Kanza no parecía la misma después de la revelación de Johara.

No recordaba cómo había salido del despacho y había regresado a casa.

–Kanzi.

Era él. Por lo general, cuando llegaba a casa, ella iba corriendo a recibirlo con un beso si no estaba ya en la puerta esperándolo.

Pero esta vez se quedó inmóvil en la cama, donde se había echado al llegar de la oficina.

Lo sintió entrar en el dormitorio y oyó el crujido de su ropa mientras se la quitaba. Siempre llegaba deseoso de hacer el amor con ella. Era lo primero que hacía nada más llegar. Llevaban dos meses casados y seguían conservando la misma pasión del primer día.

Al menos, eso era lo que ella había creído. Ya no podía estar segura de nada.

La cama se hundió bajo su peso. Él la miró a los ojos y se arrimó a ella. Se había quitado la chaqueta y la camisa. Se le notaba impaciente y lleno de deseo.

Se sintió asaltada por una tremenda duda.

¿Era posible que aquel dechado de hombre la desease de esa manera tan desmedida?

Sus besos ahogaron su sollozo de angustia mientras le quitaba la ropa.

Él le acarició los pechos y el sexo, ya preparado para él. Sintió un placer desbordante que ni siquiera la angustia y las dudas que Johara había sembrado en ella pudieron aminorar.

—*Kanza… habibati… wahashteeni… kam wahashteeni.*

Ella creyó derretirse de emoción al oír su voz entrecortada llamándole «amor mío» y diciéndole cuánto la había echado de menos. A pesar de que solo habían estado separados unas pocas horas.

Aram se quitó los pantalones y los dejó a un lado. Ella sintió en seguida su erección sobre su vientre y se olvidó de todo. Solo deseaba sentirlo dentro una vez más.

Él, tras unas caricias para avivar su deseo, se sumergió en ella. Ella sintió el avance poderoso de su miembro. Luego, él se retiró levemente y volvió a empujar, dándole más de él y consiguiendo más a su vez. Reiteró sus acometidas hasta que ella, no pudiendo soportarlo, le pidió que parara. Pero él no se detuvo y continuó sus penetraciones con más vigor.

Ella se puso a gritar entre convulsiones, embriagada de placer, alcanzando el orgasmo al sentir con satisfacción cómo se derramaba dentro de ella.

Luego, como hacía habitualmente, él se dejó caer a un lado para no hacerle daño con el peso de su cuerpo.

Sintió el corazón de Kanza latiendo de forma inusualmente acelerada.

–Kanza, ¿estás bien? ¿Te ocurre algo?

–¿Por qué no me dijiste que Johara y Shaheen me propusieron como candidata para ser tu esposa?

La pregunta de Kanza cayó sobre Aram como un mazazo.

–Tienes razón. Debería habértelo dicho –respondió él, acariciándole suavemente los pechos.

–Sí. Deberías haberlo hecho.

Él, aún con la mano en su pecho, notó cómo su corazón iba recuperando su latido normal.

–En realidad, no había nada que decir. Shaheen me hizo esa sugerencia un par de semanas antes de conocerte. Le dije que lo olvidara. Eso fue todo.

–Pero Johara nos preparó una encerrona aquella noche y tú debiste darte cuenta. ¿Por qué no me dijiste nada entonces? ¿O luego?

–Temía que pudieras molestarte.

–¿Por qué, si no tenías nada que ocultar?

–Te lo he contado todo, con excepción de ese incidente. Sabía que podría molestarte. Obraron de buena fe, pero reconozco que fue una intromisión indigna de ellos.

–No eludas tu responsabilidad. Tú también estabas en el asunto.

–No. Ni siquiera me digné considerar la proposición de Shaheen más de dos minutos. Pero eso fue antes de verte esa noche. Si algo comprendí al conocerte fue lo equivocado que Shaheen estaba, pensando que aceptarías casarte conmigo por los beneficios que ello te reportaría. No hay razón para que estés enfadada,. La profunda amistad y el amor que nació entre nosotros no tuvo nada que ver con los manejos de Johara y Shaheen.

–¿Te habrías acercado a mí de no haber sido por «mis beneficios potenciales»?

–¿Tus beneficios potenciales? ¡Pero si no tenías ninguno!

–Te equivocas. Johara me los enumeró. Entre otros, ser ciudadana de Zohayd.

–¿Por qué demonios te diría una cosa así? Me temo que esas hormonas del embarazo han debido trastornarle el cerebro.

–Estaba celebrando que todo hubiera resultado bien para todos, especialmente para ti.

–No me importa lo que nadie piense. Tú eres la única persona que me importa, Kanza, ya lo sabes.

Ella desvió la mirada y se apartó de él. Luego se bajó de la cama y comenzó a vestirse lentamente.

Aram se quedó mirándola con sensación de impotencia. Luego, tambaleante, se levantó también y se puso los pantalones, sintiendo como si hubiera sido arrojado desde las alturas sublimes de su apasionado idilio amoroso al fondo de un abismo encenagado.

–Nunca pude comprender por qué te acercaste a mí al principio –dijo ella con una voz fría e inexpresiva–. Por eso tenía tanto miedo de dejarte entrar en mi vida. Necesitaba una explicación lógica, y la lógica me decía que yo no tenía nada como mujer que pudiera despertar tu interés.

–Tú eres todo lo que…

–Pero me moría de ganas de estar junto a ti, así que me aferré a lo que Johara me había dicho sobre que necesitabas una buena amiga y me convencí de que podías encontrarme atractiva. Sin embargo, lo que me contó hace unas horas tenía más sentido. Era la explicación lógica de por qué estabas conmigo, de por qué te casaste conmigo. Siempre me he preguntado qué podía tener yo que no tuvieran las miles de mujeres que te han perseguido. Al no hallar una respuesta, pensé que solo estabas tratando de corresponder a mis sentimientos hacia ti. Pensé que era mi deseo el que encendía el tuyo. Sabía que necesitaba un hogar y pensé que lo habías encontrado en mí. Pero tu hogar ha sido siempre Zohayd. Solo necesitabas a alguien que te ayudase a volver a casa para tener una familia y echar las raíces que has estado anhelando toda la vida.

Incapaz de soportar una palabra más, Aram se

acercó a ella, la estrechó entre sus brazos y le llenó la cara de besos, a pesar de sus protestas.

–Todo lo que acabas de decir no son más que tonterías, ¿me oyes? Tú eres todo lo que siempre soñé tener. Te he amado desde el primer momento. Conseguiste que volviera a sentir deseos de vivir. *B'Ellahi, ya hayati,* nunca he necesitado tu confianza tanto como ahora. Mi vida depende de ti, *ya habibati.* Te lo ruego. Dime que me crees.

Aram le alzó la barbilla con un dedo.

Kanza tenía los ojos enrojecidos. Vaciló un instante y luego asintió con la cabeza.

Él la apretó contra su cuerpo, reiterando su amor.

Sin embargo, se alarmó de nuevo cuando ella se apartó de su lado.

–Solo voy al baño –dijo ella con una sonrisa temblorosa.

–Voy contigo.

–No.

–Entonces, llámame en cuanto estés lista. Hay un nuevo incienso y unas sales de baño que me gustaría probar contigo. Y también un nuevo aceite de masajes para después.

Ella pareció relajarse, aunque su mirada no tenía el mismo brillo y calor de otras veces.

–Me daré una ducha rápida.

–Me reuniré contigo cuando termines. Pienso hacerte…

El timbre de la puerta sonó en ese instante.

El timbre seguía sonando. No esperaban a nadie. ¿Quién podría ser?

Maldiciendo para sus adentros, Aram se dirigió

a la entrada mientras Kanza entraba en el baño. Estaba dispuesto a despedir con cajas destempladas a quienquiera que fuese.

Pero, al abrir la puerta, se sorprendió al ver a Shaheen y a Johara apoyada en él con la cara pálida y demudada.

–¡Dios mío! Entrad. ¿Que ha pasado?

Shaheen dejó a Johara en el sofá y se inclinó hacia ella.

El esposo y el hermano le agarraron las manos y se pusieron a reanimarla.

–¿Qué pasa? ¿Está de parto?

–No, solo le ha dado un mareo –respondió Shaheen, con una cara que parecía ser él quien estuviera a punto de desmayarse.

Johara miró a Aram y le agarró suavemente por la camisa que llevaba aún desabrochada.

–Estuve hablando antes con Kanza y creo que metí la pata al contarle lo que te propusimos.

–No te preocupes, querida. No ha pasado nada grave –replicó Aram, dándole un beso afectuoso en la mejilla–. Se enfadó un poco por no habérselo dicho. Eso fue todo. Descansa, por favor. ¿Necesitas que te traiga algo?

Ella negó con la cabeza, pero siguió agarrándole de la camisa para que no se alejara.

–¿De verdad, está bien? ¿Sigue todo bien entre vosotros?

Aram hizo un gesto afirmativo y le acarició el pelo, hasta que ella cerró los ojos con un suspiro de alivio. Luego se acercó a Shaheen y le dijo al oído:

–¡Por Dios, Shaheen! Sin pretenderlo, ha estado a punto de poner a Kanza al borde de un ataque de nervios.

–Lo siento, Aram. Johara lo está pasando muy mal con el embarazo. Estoy asustado. La noto algo descentrada. Me contó que vino a hablar con Kanza y que había cometido un gran error contándoselo todo.

–Sí, cometió un gran error. Kanza hizo una montaña de un grano de arena, pero, afortunadamente, conseguí calmarla poco antes de que llamarais a la puerta.

–Entonces, ¿todo vuelve a estar bien de nuevo entre vosotros?

Aram prefirió asentir con la cabeza para poner fin a esa conversación. Necesitaba volver con Kanza y cerrar, de una vez por todas, esa puerta por la que había tenido una vista fugaz del infierno.

El rostro de Shaheen pareció relajarse.

–¡Vaya! Celebro que todo quedara en nada. Bien, ahora que todo está arreglado, me gustaría saber cuándo vas a compartir la responsabilidad del Gobierno conmigo. En los últimos cinco meses, desde que te ofrecí el Ministerio de Economía, me ha resultado muy difícil conciliar el trabajo con todo lo demás –dijo Shaheen, dirigiendo una mirada de preocupación hacia Johara–. Mi situación se ha vuelto insostenible. Te necesito urgentemente a mi lado.

–Así que esa era la razón por la que deseabas obtener la ciudadanía zohaydiana, ¿verdad?

Aram se sobresaltó al oír la voz de Kanza. Estaba a cuatro metros de ellos. Por su mirada fija e inquietante, parecía haber llegado a deducciones escalofriantes.

–No solo porque considerases Zohayd tu hogar –añadió ella–, sino porque deseabas ocupar un puesto de poder en este país. Dado que solo los miembros de la familia real pueden ocupar ese tipo de cargos, decidiste entrar a formar parte de la realeza, casándote con un miembro de ella. Y como no había ninguna princesa de alto rango disponible, tuviste que conformarte con una de rango menor. Y, entre ellas, yo era la que te ofrecía más posibilidades. Una solterona, sin grandes pretensiones, que no había recibido nunca una proposición de matrimonio y que no suponía ningún riesgo para ti. Te resultó muy fácil conquistarme.

–¡Por todos los diablos!, Kanza. ¿Qué locuras estás diciendo? Tú eres la mujer más desafiante y difícil que he tenido la gran suerte de encontrar.

–No, Aram. Tú no me encontraste, te empujaron hacia mí. Y como buen hombre de negocios que eres, estimaste en seguida que yo era tu mejor opción. Ahora entiendo lo que querías decir cuando me decías que era la mejor. Sí, era la mejor solución que tenías a tu alcance para satisfacer tus ambiciones.

–¿Cómo puedes pensar una cosa así después de todo lo que hemos compartido?

Sin dignarse a responder, Kanza miró a Shaheen con gesto serio.

–¿Acaso no fue eso lo que le propusiste?

Aram hizo un gesto a Shaheen para que no dijera nada.

–¿Por qué no me lo contaste todo, Aram? –exclamó Kanza fuera de sí–. Yo habría accedido al matrimonio de conveniencia que necesitabas aunque solo hubiera sido por el bien de Johara y de Shaheen, y por Zohayd. Habría reconocido que serías el mejor ministro de Economía posible, habría accedido a todo eso sin pedirte nada a cambio. Pero ahora, después de haber despertado tantas esperanzas en mí, haciéndome creer que podía tener mucho más de ti, ahora ya no me puedo conformar con... No, no puedo seguir con esto.

–Kanza.

El grito de desesperación de Aram no consiguió apaciguar a Kanza, que salió corriendo hacia su dormitorio hecha una furia. Lo que sí consiguió fue despertar a Johara que, haciéndose cargo de la situación, se incorporó en el sofá y miró a Aram con cara de compasión.

–Iré a hablar con ella.

–No. Ya has hablado bastante, Johara. Os pedí que no os entrometierais entre Kanza y yo. Mirad lo que habéis conseguido. Ahora no quiere escucharme. Tal vez ya nunca recobre su confianza. Marchaos, por favor. Dejadme que trate de salvar lo que pueda de nuestro matrimonio y de nuestras propias vidas.

Aram, olvidándose de ellos, se precipitó en el dormitorio.

Se detuvo un instante al ver a Kanza de pie junto a la cama en la que habían compartido tantos momentos felices. Estaba sollozando. Parecía más menuda y vulnerable que nunca.

Se acercó a ella, tratando de consolarla entre sus brazos.

–¡No, Kanza, no me dejes nunca, te lo ruego.

Ella temblaba como una hoja en sus brazos. Los sollozos casi le impedían articular las palabras.

–Deseaba que tuvieras todo lo que te mereces. Y me sentía muy dichosa pensando que yo era parte de eso que necesitabas para progresar y ser feliz.

–Tú eres todo lo que necesito.

Ella negó con la cabeza.

–Ya nunca las cosas podrán volver a ser como antes. Siempre me quedará la duda. De ahora en adelante, cuando te mire y recuerde cada momento que pasamos juntos, lo veré todo de otra manera diferente. Esa duda envenenará mis sentimientos. No, no podré vivir así.

–Te lo ruego, Kanza. Te lo ruego por lo que más quieras. No digas eso, por favor…

Ella se quedó inmóvil en sus brazos como si hubiera recibido un disparo.

Aram sintió que esa demostración de indiferencia era su sentencia definitiva.

Y sus palabras siguientes, su condena a muerte.

–Cuando consigas tu ciudadanía en Zohayd y seas ministro, me separaré de ti.

Capítulo Diez

Kanza nunca había tenido que pasar por una prueba tan dura.

Estar allí en presencia de Amjad Aal Shalaan en ese estado de ánimo era la experiencia más terrible que podía haber imaginado.

Había ido a pedirle, en su condición de primo lejano y rey de Zohayd, que agilizase la proclamación de Aram como ciudadano de Zohayd y ministro de su Gobierno.

Después de la angustiosa discusión con Aram la semana anterior, su mente se veía atormentada .

¿Podría abandonar a Aram sabiendo que la amaba, a pesar de que pudiera haberse casado con ella llevado de su ambición? ¿Podría castigarlo y castigarse a sí misma apartándose de él solo porque la amara de una forma diferente a como ella lo amaba o porque sintiera su orgullo herido?

No. No podría.

A pesar de sus dudas, había cosas mucho más importantes que seguían uniéndole a él.

Deseaba darle todo lo que él necesitaba.

Por eso había ido allí a pedir audiencia al rey.

Sin embargo, no parecía estar haciendo un buen trabajo en defensa de Aram. Llevaba hablando media hora con el rey Amjad y no parecía muy convencido de sus argumentos.

–Y bien, Kanza, ¿puedo saber a qué vienen esas prisas? ¿Por qué quieres que tu marido sea ciudadano de Zohayd con tanta urgencia? Puede asumir las responsabilidades de Shaheen sin necesidad de ello.

–Es el mejor para ese puesto.

Los ojos verde esmeralda del rey Amjad esbozaron una sonrisa recelosa y burlona.

–Eso es solo es la opinión de una mujer enamorada.

–No, *ya maolai* –replicó ella, haciendo un esfuerzo para llamarle «mi señor»–. Es una opinión objetiva. Aunque no puedo negar que tanto vos, como Shaheen y vuestro padre han conseguido grandes logros para este país, creo que Aram, con su pasión por el trabajo y por Zohayd, y con sus conocimientos y experiencia, será capaz de superarlos con creces.

–Eso ya es un argumento más convincente. Creo que podrías serme muy útil como consejera y abogada de causas perdidas.

–*Ya maolai,* sois sin duda el rey más justo y sabio que he conocido. Sé que habéis conseguido la prosperidad del reino rodeándoos de las personas más adecuadas. Confío en que vuestros sentimientos hacia Aram, sean cuales sean, no interferirán en vuestra decisión.

El rey se llevó al mano al pecho en un gesto de fingido pesar.

–¿Te contó él cómo me rompió el corazón?

Ella cambió de tema.

–Estoy embarazada y me gustaría que Aram fuera ciudadano de Zohayd antes de que nuestro bebé nazca.

Era cierto. Estaba embarazada. Lo había averiguado dos días después de la confesión de Johara, pero aún no se lo había dicho a Aram.

–Esa es una buena razón. Pero aun así, sigo sin entender las prisas. Viéndote, diría que aún deben quedarte siete meses por lo menos.

–Necesito que Aram se afiance lo antes posible en su cargo para que pueda dedicarnos luego el mayor tiempo posible al bebé y a mí. No le he dicho aún que va a ser padre y me gustaría que fuera ciudadano de Zohayd cuando se lo dijera. Eso colmaría su felicidad.

–Veo que tienes respuestas para todo. Eres tenaz y astuta. Me gustas. Pero debes mantener a raya a ese arrogante y egoísta de Aram.

–¿Como la reina Maram a vos?

–Mi esposa es capaz de llamarme *ya maolai* con mucho respeto mientras me dice: «Si pudiera, te pondría sobre mis rodillas y te daría unos buenos azotes, rey consentido».

–Mis palabras no tenían esa intención, *ya maolai*.

–Mientes mejor que nadie, Kanza. Y eso te da más puntos a mis ojos. Ahora vamos a ver si te puedes ganar la estrella de oro. Dime de una vez la verdadera razón por la que estás aquí.

–Amo a Aram, *ya maolai*. Lo amo tanto que siento un dolor insufrible si no puedo darle todo lo que desea. Él necesita un hogar. Necesita a Zohayd. Este país forma parte de su alma. Pero hasta que no sea ciudadano de Zohayd, seguirá sintiéndose como un vagabundo sin techo, y no quiero que se sienta así un solo segundo más… No quería desacreditarle ante todo el mundo, especialmente ante vos, que parecéis mantener cierta rivalidad con él.

–Si llegase a formar parte de mi gabinete, pasaría a ser subordinado mío. No olvides que soy el rey.

–No. Aram mantendrá siempre su independencia en el terreno profesional. Nadie podrá desacreditarlo nunca por su capacidad o sus méritos. Yo era reacia a confesaros su situación porque no quería poner en vuestras manos ese poder sobre él. Si lo he hecho ahora ha sido solo porque confío en que no os aprovecharéis de ello.

El monarca la miró detenidamente como si le estuviera haciendo un escáner completo de su cuerpo y de su alma para asegurarse de que le había extraído hasta el último secreto que guardaba.

Aparentemente satisfecho, le dirigió una sonrisa.

–¡Buena chica! ¡Eso es tener agallas! Y demuestras ser también muy perspicaz. Ahora estoy obligado por un pacto de honor a no abusar nunca de mi poder sobre él. Decididamente, estoy resuelto a hacer uso de tu perspicacia y poder de persuasión muy pronto. Conseguiste tu deseo. Te has ganado la estrella de oro. Solo prométeme que no serás demasiado condescendiente con Aram. Le harías un favor si tu amor fuera algo más... severo. De lo contrario, se volverá tan altivo que se le podría despegar la cabeza del cuello.

Ella se levantó y le hizo una leve reverencia.

–Consultaré con la reina Maram cuáles son los mejores métodos para mantener su ego dentro de los límites razonables, *ya maolai*.

El rey se echó a reír.

Ella estuvo oyendo su risa hasta que salió de la sala de audiencias.

Había resultado más difícil de lo que se había imaginado, pero lo había conseguido.

Aram tenía ya lo que deseaba. Ahora debía convencerle de que eso no significaba que fuera a perderla.

Aunque no estaba muy segura de que él la necesitara, sabía que no sería feliz lejos de él.

Amjad se portó mucho mejor de lo que había esperado.

A la mañana siguiente, le envió un decreto real, proclamando que, en seis horas, se celebraría una ceremonia en el palacio real proclamando a Aram ciudadano de Zohayd y nuevo ministro de Economía.

Kanza fue corriendo al despacho de Aram y lo encontró sentado en el sofá con la mirada perdida. Estaba tan absorto en sus ensoñaciones que ni siquiera advirtió su presencia.

Pero cuando se sentó a horcajadas sobre él, vio tal expresión de vulnerabilidad y de súplica en sus ojos, que tuvo que contenerse para no echarse a llorar.

Cómo lo amaba. Daría la vida por él.

No lo había tocado desde aquella noche. Él tampoco había intentado convencerla de nuevo. Pero no porque no lo desease.

Sintió ahora una gran excitación al tenerla sentada sobre las piernas. Ella le había demostrado que él lo era todo para ella. Que nunca desearía a otro hombre más que a él.

Kanza sostuvo su cabeza entre las manos, gimiendo de angustia, mientras lo besaba desesperadamente en los ojos como si quisiese apropiarse del dolor que veía en ellos.

–Lo siento, Aram. No quise decir lo que dije. Mis inseguridades tuvieron la culpa de todo.

–Tenías todo el derecho a reaccionar como lo hiciste. Perdóname, *ya kanzi*.

Ella lo acalló con sus besos. No quería que se sintiera culpable de nada.

–No, no tengo nada que perdonarte.

–No sabes cuánto he sentido que hayas sufrido por mi culpa.

–Olvídalo. Ya está todo bien.

–No. No puedo soportar tus dudas, *ya habibati*. No puedo respirar, no puedo. Necesito saber que sigues creyendo en mí. Me moriría si te perdiera.

–Nunca te dejaré. He sido una estúpida. Y ahora tranquilízate. Tienes cosas más importantes de las que preocuparte que de mis inseguridades.

–No hay nada más importante para mí que lo que pienses y sientas por mí, *ya kanzi*.

—Entonces no tienes nada de qué preocuparte. A mí, solo me importas tú. Nosotros.

Kanza le deslizó febrilmente las manos por debajo de la camisa y los pantalones, dejando caer una lluvia de besos por sus hombros y su torso, y provocándole una fuerte erección.

Lo deseaba con locura. Se le había hecho insoportable aquella semana sin él, sabiendo que su semilla había fructificado dentro de ella.

Sin embargo, él permaneció sentado dejándola hacer, dejando que ella le demostrase cuánto lo deseaba.

Ella no podía esperar. Se quitó la chaqueta y la blusa, y luego el sujetador y la falda. Se puso de rodillas sobre su regazo para ofrecerle sus pechos. Él la devoró como un lobo hambriento, repitiendo su nombre una y otra vez. Reiterando su amor.

Kanza se quitó las bragas y sintió un vuelco en el corazón cuando se hundió dentro de él. Embriagada de placer, arqueó la espalda para sentirlo más íntimamente y se puso a cabalgar sobre él, mientras sus bocas se fundían al ritmo de sus cuerpos. Él hacía cada vez sus empujes más firmes y profundos. Ella habría deseado que aquello se prolongase por más tiempo, pero su cuerpo estaba precipitándose ya hacia la culminación. Cada centímetro de él le provocaba una reacción en cadena capaz de consumirla.

Él sintió sus convulsiones y tomó la iniciativa. La agarró de las caderas con las dos manos y aceleró sus movimientos hasta llevarla a la recta final entre oleadas desesperadas de placer.

***

Aram miró a Kanza mientras ella gritaba y se retorcía con el último espasmo de placer. Ella le había dado absolutamente todo, había exprimido hasta la última gota de su ser antes de derrumbarse sobre él con el cuerpo estremecido y satisfecho.

Ella le había indultado. Había vuelto a llamarle mi amor y mi vida. Había puesto el alma haciendo el amor con él.

¿Por qué no estaba seguro entonces de que el conflicto entre ellos hubiera terminado?

Kanza se tumbó a su lado en el sofá. Él le alcanzó la chaqueta para se tapara y entonces ella sacó un sobre de unos de los bolsillos. Aram sintió un sobresalto al reconocer el sello del rey de Zohayd. No necesitaba abrirlo. Sabía de sobra lo que contenía.

—Yo solo te necesito a ti, *ya kanzi*.

—¿Cuántas veces tendré que decirte que ya estoy bien? —exclamó ella—. ¿No crees que acabo de demostrártelo de forma fehaciente?

—Aún tenemos que hablar.

—Está bien. Hablaremos, si eso es lo quieres. Pero después de la ceremonia de toma de posesión, ¿de acuerdo? Olvídate de todo ahora. Vamos, prepárate —dijo ella, poniéndose de pie—. Este es el día más importante de tu vida.

—No es cierto. El día más importante para mí es cada día que estoy contigo.

Ella sonrió y él creyó ver entonces a su Kanza de antes.

–Está bien. El segundo día más importante entonces. Vamos, Shaheen dijo que te enviaría los detalles del protocolo de tu nombramiento.

Él siempre había sabido que ella era única entre un millón, que había tenido mucha suerte al encontrarla. Pero lo que estaba haciendo ahora superaba todo lo imaginable. No podía haber un hombre más afortunado que él en todo el mundo.

Tenía que hacerse digno de ella.

Aram contempló el salón de ceremonias.

Tenía un aspecto distinto que en el día de su boda. Los cientos de personas que había allí congregadas iban vestidas de acuerdo con la formalidad que requería el acto. Era la primera vez, en los últimos seiscientos años, que un extranjero iba a presentarse oficialmente en la casa real y a asumir un puesto en el Gobierno.

Cuando Amjad hizo su entrada en el salón acompañado de sus cuatro hermanos, Aram dirigió una mirada a Kanza llena de ternura. ¿Qué había hecho él en la vida para merecerla?

No, no se la merecía. Pero estaba dispuesto a hacer cualquier cosa para ser digno de su amor.

Amjad se puso de pie delante del trono, flanqueado por sus hermanos. Shaheen se colocó a su derecha e intercambió con Aram una mirada de orgullo y emoción.

Aram se acercó al rey Amjad para proclamar su

juramento de lealtad. Pero cuando se arrodilló para que le impusiera la espada en los hombros, Amjad le dio, de manera supuestamente accidental, un golpe en la cabeza.

Aram pensó que lo había hecho a propósito y, poniéndose en pie, le dijo que ya era hora de hacer algo para saldar las diferencias que los habían separado durante años. Amjad le contestó de forma enigmática que estaría encantado de que le obligase a ello. Pero Aram había prometido a Kanza llevarse bien con el rey de ahora en adelante y, sin hacer caso a su velado reto, aceptó de buen grado la insignia que le acreditaba como ciudadano de Zohayd.

Bostezando teatralmente, Amjad cumplimentó luego el ritual que proclamaba a Aram ministro de Economía, fingiendo quedarse dormido durante el acto. Cuando llegó el momento de imponerle la insignia correspondiente, Amjad se aseguró de pincharlo bien en el pecho al colocársela.

Todo los asistentes, puestos en pie, irrumpieron en una lluvia de aplausos y vítores.

Cuando Aram se giró para responder a las muestras de afecto, captó la sonrisa y los ojos llorosos de Kanza en la distancia.

Luego se volvió hacia el rey.

Con mucha parsimonia y sosteniendo la mirada provocativa de Amjad, se arrancó las insignias del pecho y las arrojó al suelo.

Se hizo un silencio sepulcral, seguido luego de un murmullo de exclamaciones.

El rey miró entonces a Aram con ojos de lobo.

–¿Acaso mi hermano menor no te explicó el ritual? ¿O te has despojado de las insignias para enfrentarte a mí y retarme aquí ante todos?

–Me enfrentaré a ti en la sala del consejo, Amjad. Y debo decirte que sé exactamente lo que significa tirar al suelo los símbolos de mi condición de ciudadano de Zohayd y ministro del Gobierno. Renuncio a ambos títulos de manera irrevocable.

Aram se dio la vuelta con gesto altivo y, abriéndose paso entre los atónitos asistentes, se arrodilló a los pies de Kanza.

Ella se quedó perpleja, sin entender nada.

–Kanza, los únicos privilegios que anhelo son tu amor y tu confianza. ¿Podrías otorgármelos de nuevo, enteros y puros como antes? No puedo ni deseo vivir sin ellos, *ya kanzi*.

Ella no se lo pensó dos veces. Le agarró de la mano y le arrastró hasta el trono real.

–¡Deshaced esto!

Amjad se volvió ante su imperativa orden y sonrió sardónicamente.

–No puedo, mi pobre niña. Parece que este Aram tuyo es tan loco como yo.

–Vos podéis hacerlo. Sois el rey.

–No estaría bien deshacer un gesto tan arrogante, ¿no crees?

–¡Vos podéis deshacerlo!

–Lo siento, primita. Pero hay demasiados testigos molestos y demasiadas leyes tribales. Tu hombre sabía perfectamente lo que estaba haciendo. Pero déjame decirte que es digno de ti. Tuvo agallas para hacer lo que hizo. Demostró que sabía muy bien lo que tenía importancia para él: tú. Así que disfruta de tu hombre. Es arrogante y egoísta, pero te adora hasta el extremo de renunciar a todo por ti.

Kanza se quedó perpleja mirando alternativamente a Aram y al rey.

–Pero, ¿qué hará Shaheen cuando Johara dé a luz? ¿Qué será de Zohayd?

–El único mundo que se vendría abajo sin tu Aram sería el tuyo. Creo que esa es la razón por la que está haciendo esto. Para hacerlo inexpugnable –dijo Amjad, guiñándole un ojo.

Ella siguió discutiendo y protestando hasta que Aram la tomó en brazos y salió con ella del palacio.

Las protestas de Kanza siguieron incluso hasta después de que Aram la llevara a casa e hiciera el amor con ella dos veces.

–Desempeñaré ese cargo como si hubiera tomado oficialmente posesión de él –dijo Aram, apoyando un codo en la cama–. No pienso dejar a Shaheen en la estacada. Los nombramientos y las medallas son lo de menos. No necesito estar siempre en Zohayd ni pertenecer a este país. Yo solo te pertenezco a ti.

Ella se acurrucó en sus brazos, inundándole con su amor.

–No tenías por qué haberlo hecho. Yo habría superado mis inseguridades en unas semanas.

–Pero no quería dejarte sufrir un solo minuto

más. Tú eres más que mi casa y mi hogar, eres mi refugio. No he perdido nada y lo he ganado todo. Lo tengo todo. Porque te tengo a ti.

Kanza se apretó contra su cuerpo y echó la cabeza hacia atrás para mirarlo a los ojos.

—Tendrás aún más de mí. Dentro de siete meses te daré una réplica tuya.

Él le besó la cara, el pelo y los ojos, preso de emoción.

—Preferiría que fuera una réplica tuya.

—Lo siento, amigo, pero será igual que tú. Es inútil que protestes. Yo llevo amándote desde hace mucho más tiempo que tú a mí.

—El segundo quiero que sea una niña y se parezca a ti.

—Y yo quiero que todos sean tan asquerosamente guapos como tú.

Él se echó sobre ella y pronto la risa se convirtió en pasión. Y luego en delirio y frenesí. Y finalmente, en una gran paz interior.

Aram dio gracias al cielo por darle ese tesoro sin igual que tenía ahora entre los brazos, ese huracán que lo había liberado de su aislamiento y le había ofrecido el refugio de su amor incondicional.

En el Deseo titulado
Princesa atrapada,
de Olivia Gates,
podrás terminar la serie
POR ORDEN DEL REY

UN ACUERDO APASIONADO

EMILY MCKAY

Cooper Larson, hijo ilegítimo del potentado Hollister Cain, no tenía interés en buscar a la hija desconocida de su padre, a pesar de la cuantiosa recompensa ofrecida por este. Pero cuando su excuñada, Portia, acudió a él para decirle que había visto a la chica, Cooper aceptó ayudarla a encontrarla… para satisfacer un largo y prohibido deseo. A cambio, le pidió a Portia que colaborara con él en su último proyecto.

Con Portia por fin al alcance de la mano, logró vencer la resistencia de la dama de hielo de la alta sociedad… pero no contó con que ella también derribara sus defensas.

Una novia para el rebelde de la familia

Acepte 2 de nuestras mejores novelas de amor GRATIS

¡Y reciba un regalo sorpresa!

Oferta especial de tiempo limitado

Rellene el cupón y envíelo a

Harlequin Reader Service®
3010 Walden Ave.
P.O. Box 1867
Buffalo, N.Y. 14240-1867

¡Sí! Por favor, envíenme 2 novelas de amor de Harlequin (1 Bianca® y 1 Deseo®) gratis, más el regalo sorpresa. Luego remítanme 4 novelas nuevas todos los meses, las cuales recibiré mucho antes de que aparezcan en librerías, y factúrenme al bajo precio de $3,24 cada una, más $0,25 por envío e impuesto de ventas, si corresponde*. Este es el precio total, y es un ahorro de casi el 20% sobre el precio de portada. ¡Una oferta excelente! Entiendo que el hecho de aceptar estos libros y el regalo no me obliga en forma alguna a la compra de libros adicionales. Y también que puedo devolver cualquier envío y cancelar en cualquier momento. Aún si decido no comprar ningún otro libro de Harlequin, los 2 libros gratis y el regalo sorpresa son míos para siempre.

416 LBN DU7N

Nombre y apellido	(Por favor, letra de molde)
Dirección	Apartamento No.
Ciudad	Estado	Zona postal

Esta oferta se limita a un pedido por hogar y no está disponible para los subscriptores actuales de Deseo® y Bianca®.
*Los términos y precios quedan sujetos a cambios sin aviso previo.
Impuestos de ventas aplican en N.Y.

SPN-03

©2003 Harlequin Enterprises Limited

Bianca.

Él siempre conseguía ... todo lo que quería

Cuando Emily Edison, la eficiente secretaria del multimillonario Leandro Pérez, dimitió y le dijo lo que pensaba de él, este se puso furioso y decidió no dejarla marchar tan fácilmente. Si quería marcharse, tendría que pagar el precio: ¡dos semanas con él en el paraíso!

Atrapada, Emily vio peligrar su frágil plan de casarse con el hombre adecuado para poder ayudar a su familia. Y, cuando la atracción entre ambos fue imposible de negar, tuvo que escoger entre el deber y el deseo.

Deseo en el Caribe

Cathy Williams

DONDE PERTENECES

MICHELLE CELMER

Lucy Bates puso pies en polvorosa al descubrir que estaba enamorada de Tony Caroselli, pues ¿cómo podría ella estar a la altura de su poderosa familia? El problema era que estaba embarazada de él, y cuando regresó para contárselo, se encontró con que Tony estaba casándose con otra mujer.

Lucy no podía haber sido más oportuna. No solo había interrumpido una boda que él no deseaba, sino que le haría heredar una inmensa fortuna si le daba un hijo varón.

Volvería a tenerla otra vez en su cama